FERNANDO PESSOA

惶然录

LIVRO DO DESASSOSSEGO

〔葡〕费尔南多·佩索阿 著

韩少功 译

上海文艺出版社
Shanghai Literature and Art Publishing House

关于伯纳多·索阿雷斯（原序）

在里斯本，远离火车的小镇上，会有一些楼上陈设体面而楼下买卖寻常的餐馆，充满平实和家庭式的气氛。在这些地方，除了拥挤的星期天以外，一般不会有太多的顾客。你在这些顾客中很可能遭遇一些难以归类的怪人，发现这些人不过是生活这本大书里的一些零星插曲。

在我生活中的某一段，出于一种必要的节俭，再加上喜好清静，我经常来到这样的一个餐馆。我总是在下午七点用餐，差不多每次都在这里的同一时间，见到一位特别的人。开始的时候，我只是对他稍加注意，随着时间推移，他也对我有了兴趣。

他三十来岁，清瘦，高个头，穿戴上稍有一些不经意的马虎，坐下时腰弯得厉害，待站起来，才会稍稍伸直一点。他苍白而平常无奇的相貌上，既没有明显的磨难感平添惊人之处，甚至连一线磨难的痕迹也极难找到。但这张脸上可以说具有一切：艰难，悲痛，或者完全是曾经沧海之后的一种淡然处世。

他总是吃得很省，然后抽一支用廉价烟草卷成的香烟。他观看其他顾客，眼中并无疑防，倒是名副其实的兴致盎然。他不是细细打量他们，似乎无意把别人的面容或他们个性的任何外表迹象定格于自己的记忆，更像是纯粹被那些人所迷惑。这就是他最先引起我好奇的一种古怪特性。

我开始更加留心地观察他。我注意到，他眼神里有一种飘忽而确切的智慧之光，但他的脸上经常暗云浮现，那是精疲力竭所致，是挥之不去的冷冷忧虑——这一点在其他人那里很难看到。

我从餐馆的招待员那里打听到，他是一个公司的职员，办公室就在附近。

有一天，在餐馆外的街道上发生了一场突如其来的扭打——两个人大战一场。所有的顾客都拥到窗口去看，包括我和我眼下正在描述的这个人。我对他发了一通平庸的议论，他也友善地搭上了腔。他的声音喑哑，有些颤抖，是一种万念俱灰无所期待的人才会发出的声音。但是，把这么多联想归属于我在餐馆之夜的这位伙伴，也许是出于我想入非非的傻气。

我不太明白，为什么自从那天以后，我们就经常互相打打招呼了。后来的一天，也许因为我们可笑的巧合，吃晚饭的时候都比平常晚一些，于是准确地说，在九点半钟的时候，我们进入了一次不寻常的谈话。他问我是不是一个作家，我说我是。我提到最近出版的ORPHEU杂志（费尔南多·佩索阿一九一五年创办的杂志，虽然只出版过两期，但对现代主义文学运动有极大的影响——译者注）。使我惊讶的是，他赞赏这个杂志，确实评价很高。当我说出自己的惊讶，说给ORPHEU写稿的艺术家只是写给很少一部分人看的，他的回答是，他可能就是那个少数中的一员。不管怎么样，他说，他对那种艺术并不完全生疏。他还有点腼腆地说，因为他没什么地方可去,没什么事情可干,没什么朋友可拜访,也没什么有趣的书可读,所以每天晚饭以后,他总是回到那间租来的房间,用写作打发漫漫长夜。

费尔南多·佩索阿

目录

i   关于伯纳多·索阿雷斯(原序)

1   写下就是永恒

2   头脑里的旅行

3   被上帝剥削

7   会计的诗歌和文学

9   作为符号的 V 先生

12   艺术在另一间房里

14   我也将要消失

17   我这张脸是谁

20   内心的交响

21   我是无

24   个性与灵魂

25	生活之奴
28	里斯本这个托盘
31	两种现实
33	一个人是群体
35	既不崇高也不低贱
38	黄昏
41	一句祝愿
43	单调产生的快乐
48	童心不再
51	主观的坐椅
52	梦的外形
54	去教堂
55	纸牌游戏
58	亦同亦异
59	暴风雨
61	街头歌手
63	抵达生活的旅游者

68	太阳为谁而升
72	思想比生存更好
74	我已经身分两处
77	心灵是生活之累
81	夜晚
82	生活是伟大的失眠
85	彷徨
88	倾听
90	运动是沉睡的形式
94	偷窥
96	苍蝇
99	不视而见
102	另一种生活
105	第二时间
109	生活就是成为另一个
111	时光的微笑
113	自闭

115　　消逝时光的囚徒

117　　文明是关于自然的教育

121　　一瞥

122　　耸耸肩

125　　琐事

128　　潜在的宫殿

130　　自我折腾

132　　楼上的琴声

136　　活着使我迷醉

138　　模拟自己

140　　他身之感

141　　舞台

142　　秋天

146　　月光的颜色

148　　停滞

150　　我是恺撒

153　　下坠

154　　旅行者本身就是旅行

156　　孩子的智慧

159　　我游历第八大洲

162　　两种人

163　　时间表的改变

165　　雾或者烟

168　　交易所的芦苇地

171　　雨

176　　单调与更糟的单调

178　　有人来了

181　　看自己

185　　画中的眼睛

188　　与死亡之约

191　　嗅觉

193　　不求理解

194　　正常

196　　伟大的人

199	姑娘身上的社会学
202	说郁闷
207	败者的旗帜
209	再说郁闷
213	廉价香烟
215	分类
217	为了忘却的寻找
220	向每一个人学习
222	写作
225	隐者
228	父母
231	归舟
233	写作治病
236	我是书中的人物
241	嫉妒
242	离别
244	永远的孩子

246	写作是对自己的正式访问
249	理解毁灭爱
250	孤闭
252	恨的爱
254	无善无恶
259	清楚的日记
263	薄情的礼遇
267	占有即被占有
268	女人是梦想的富矿
270	伪爱
271	不会发送的信件
272	窗前
274	视觉性情人
278	受累于爱
283	海边
286	手拉着手
289	抱歉

292	也许有心灵的科学
296	荒诞
299	破产者
301	一本自传的片断
303	活在死之中
305	无所谓
307	一种有关无所谓的美学
311	无为
312	革自己的命
315	死者的自由
318	梦想的本钱
320	现代社会是牺牲品
323	客栈留言
328	宗教以后的幻象
331	读报
333	爱情是习惯套语
335	动物的快乐

337　无法兼得

340　重读自己

343　死

345　时间

348　荒谬的怀恋

350　我是自己的伪装

353　可怕的少作

355　新作原是旧作

358　罗马王高于语法

361　语言政治

365　假面世界

369　镜子

370　双重说谎

371　御座与皇冠

372　格言几则

375　格言几则（续）

376　人的区别

378　万物无灵

381　文章写我

383　更大的差别

388　行动家

392　完美止于行动

395　模仿中的忘却

396　历史是流动的解说

399　共在

401　译后记

写下就是永恒

有时候,我认为我永远不会离开道拉多雷斯大街了。一旦写下这句话,它对于我来说就如同永恒的谶言。

头脑里的旅行 *

黄昏降临的融融暮色里,我立于四楼的窗前,眺望无限远方,等待星星的绽放。我的梦幻是一些旅行,以视阈展开的步履,指向我未知的国度、想象的国度、或者说简直不可能存在的国度。

---

* 原标题如此——译者注

被上帝剥削

今天,在那些白日梦的某一片断里,在那些既无目的亦不体面、却一直构成我生命中精神本质重要部分的白日梦里,我想象我永远自由了,是摆脱道拉多雷斯大街的自由,是摆脱 V 老板的自由,是摆脱 M 会计及所有雇员的自由,是摆脱小差役的自由,是摆脱邮递员的自由,甚至是摆脱猫的自由。在梦里,自由给我的感觉,就像一些从未发现过的神奇岛屿,作为南部海洋的赠礼豁然展现。自由意味着休息、艺术成果,还有我生命中智慧的施展。

然而,正当我想象这一点(在得到午餐的短暂休息里），一种沮丧的心情突然闯入梦境。我转而悲伤。是的，我相当认真地这样说，我悲伤。这种悲伤是因为 V 老板，因为 M 会计，因为 B 出纳，因为所有的小伙子——那个去邮局取信的快乐男孩，那个小差役，还有那只友好的猫——因为他们都成为我生活的一部分。不管眼下的想法如何让人不快，我不可能对这一切无动于衷无泪而别，不可能不知道：我的某一部分将与他们共存，失去他们的我，将与死无异。

更重要的是，如果我明天离开这一切，我还能做点别的什么？这是因为我必须做点什么。如果抛弃这一身道拉多雷斯大街的套装，我将会穿上另一种什么样的套装？这是因为我也必须穿一点什么。

我们都有一个 V 先生。有时候他是一个真切可触的人，有时候则不是。对于我来说，他确实被人们叫做 V，是一个愉快而健康的家伙，不时有一点粗鲁，却不是一个两面派。他自私，大体上还公道，比很多伟大的天才，比很多左翼和右翼的文明奇才还公道得多。对于很多人来说，V 猎取虚荣的形式，有一种对巨额财富、荣耀以及不朽的欲望……但从个人的角度来说，我更愿意有一个 V 作为我现实生活中的老板，因为在艰难时刻，较之于世界必然提供的任何抽象物来说，他更容易打交道。

有一天，一个朋友，作为一家生意做遍全国的火爆公司的合股人，认为我的工资明显太低了，对我说："索阿雷斯，你被剥削了。"这句话使我意识到，我确实如此。但是，任何人在当前生活中的命运就是被剥削，那么我的问题只能是：被 V 先生及其纺织品公司剥削，是否就比被虚幻、荣耀、愤懑、嫉妒或者无望一类东西来剥削更糟糕？

一些先知和圣徒行走于空空人世，他们被他们的上帝剥削。

我以一种人们欣然回家的方式，转向另一个人的房产，转向道拉多雷斯大街上宽敞的办公室。我走近我的写字台，如同它是抗击生活的堡垒。我有一种如此不可阻挡的柔情，面对现实中的账本，面对我给他人记数的账本，面对我使用过的墨水瓶，还有不远处 S 弓着背写下的提货单，我的眼里充盈着泪水。我觉得，我爱这一切，也许这是因为我没有别的什么可爱，或者，即使世上没有什么真的值得任何心灵所爱，多愁善感的我，却必须爱有所及。我可以滥情于区区一个墨水瓶之微，就像滥情于星空中巨大无边的寂冷。

会计的诗歌和文学

带着一种灵魂的微笑,我镇定地面对自己生活的前景。除了永远闭锁在道拉多雷斯大街办公室里并被人们包围,那里不会有更多的东西。我有足够的钱来购买食品和饮品。我有可供安身之处,并且有足够的闲暇来做梦、写作以及睡觉——我还能向神主要求什么?还能对命运抱何种期望?

我有巨大野心和过高的梦想,但小差役和女裁缝也是这样,每一个人都有梦想。区别仅仅在于,我们是否有力量去实现这些梦想,或者说,命运是否会通过我们去实现这些梦想。这些梦境悄然入心时,我与小差役和女裁缝们毫无差别,唯一能把我与他们区分开来的,是我能够写作。是的,这是一种活动,一种关于我并且把我与他们区别开来的真正事实。但在我的内心深处,我与他们是一回事。

我知道,南海中的一些岛屿能给人一种天下为家的巨大诱惑〔……〕。但我可以肯定,即便整个世界被我握在手中,我也会把它统统换成一张返回道拉多雷斯大街的电车票。

也许,永远当一个会计就是我的命运,诗歌和文学纯粹是在我头上停落一时的蝴蝶,仅仅是用它们的非凡美丽来衬托我的荒谬可笑。

我会想念会计 M 的,但想念某个人这件事,怎么能与真正提拔我的机会相比?

我知道,我晋升为 V 公司的主管会计的那一天,会成为我生活中最伟大日子之一。我怀着预知的苦涩和嘲讽明白这一点,但又明白这将是事物必然如此的全部结果。

作为符号的 V 先生

V 先生，我经常发现自己被 V 先生困扰。这个人是我时间的主宰，是我生活中白天时光的主宰，除了这些让人偶感不便之处，他的在场对于我来说还意味什么？

他待我不错，总是用足够友善的姿态同我说话——如果不计特殊情境之下出于个人心烦而对我表现出来的怠慢，而那种怠慢，他事后也用来对付任何人。那么我为什么要把他思来想去？他是一种象征？一种创作动力？他对于我来说意味什么？

V 先生。我现在记起了他，就像我知道我在怀旧的未来，将对他油然有所感念。在那个时候，我将平静地生活在郊区什么地方的一个小房子里,享受平宁的存在,不会去写作我眼下同样没有写作的书;而且,作为一事无成的继续,我将提出我眼下用过的各种借口,避免真正地面对自己。或者,我将被拘于一间破房子,承担我彻底的失败,混在一些梦境破灭之时仍然自命不凡的社会渣滓之中,与一些既无法旗开得胜又无能转败为胜的乏味庸众为伍。那时,不管我在哪里,我都将对我的老板 V 先生,对道拉多雷斯大街上的办公室,生出怀旧的思念。我眼下日复一日的单调生活,将会成为我从未体察过的爱之记忆,成为我从未有过的胜利。

  V 先生。我从未来的角度看他,就像我此时此地看他一样清楚:中等身高,体格结实,粗声粗气,特有的拘谨与慈爱,爽朗与精明,粗鲁与和蔼。不仅仅是钱使他出人头地成为老板,你可以从他青筋暴出而多毛的手臂,从他的脖子,强壮但并不过分粗肥的脖子,从他整齐修剪过的乌黑小胡子,从胡须上结实而红润的脸颊,看出这一点。我看着他,看着他精力旺盛然而审慎有度的手势,他眼睛里世事洞明的光芒。我的困难在于,如果我有些恼他,我的灵魂却会因他的微笑而愉快——那是一种开朗的微笑、人的微笑,暖如巨大人群的热烈欢呼。

也许,V先生普通以及几乎粗俗的形象,之所以如此经常困扰我的智力,之所以如此使我心神不定,其原因十分简单:我的生活中没有别人比他的地位更为重要。我想,这一切具有某种符号的意义。我相信、或者差不多相信,对于我来说,在一种远方的生活里,这个人将比今天的他意味更多的东西。

艺术在另一间房里

呵,我现在明白了!V先生就是生活。生活,单调而必需的生活,威严而不可知的生活。这个平庸的人代表生活的平庸。表面看来,他对于我而言意味一切,这就像表面上看来,生活对于我来说意味着一切。

如果道拉多雷斯大街上的办公室对于我来说代表了我的生活,那么在同一条街上我就寝的第二层楼房间,就代表了艺术。是的,艺术与生活,在同一条街上,却是在另一处不同的房间里。给生活减压的艺术,实际上并没给生活减除任何东西,它同生活自身一样单调,只是表现为另一种不同的方式。是的,对于我来说,道拉多雷斯大街包含了一切事物的意义，还有对一切神秘的解答，只是除了神秘本身的存在——这超出解答以外的东西。

我也将要消失

像往常一样,我走进了理发店,体验到一种愉悦:我能够走进一些我熟知而没有丝毫烦恼加害于我的地方。对一切新东西的敏感,经常折磨我。只有在自己曾经去过的地方,我才感到安全。

我在椅子里坐下,年轻理发师用清洁而冰凉的亚麻毛巾围住我的脖子,使我不禁问起了他的一位同事,一个精力旺盛的长者。他虽然一直有病,但总是在我右边的椅子那边干活。这个问题的提出纯属一时冲动,是这个地方让我想起了他。

当一些手指忙着把毛巾的最后一角塞入我的脖子和

衣领之间，一个平淡的声音在毛巾和我的后面出现："他昨天死了。"刹那间，一位理发师从我现在身旁的椅子那边永远地空缺，我毫无道理的好兴致随即烟消。我的一切思绪冻结。我说不出话来。

是怀旧症！出于对时间飞驰的焦虑，出于生活神秘性所繁育的一种疾病，我甚至会感怀对于我来说毫不相干的一些人。如果我每日在大街上擦肩而过的诸多面孔之一消失，即便它们并非所有生命的一种象征，于我没有任何意义，我也会感到悲伤。

绑腿套脏兮兮的无趣老头，我经常在早上九点半遇到。跛脚的彩票兜售者，纠缠过我但从来不曾得手。肥胖而脸色红润的男士，曾手持雪茄烟站在香烟店的门口。还有那位面色苍白的香烟贩子。就因为我日复一日地见到过他们，这些人就会成为我生活的一部分吗？明天，我也会从普拉塔大街、道拉多雷斯大街、范奎罗斯大街上消失。明天的我——一颗感受和思想的灵魂，对于我来说的整个世界——是的，明天也不会再在大街上行走，会成为其他人提起来恍若惊梦的人："真是不可思议呵，他怎么啦？"

我所做的一切，所感的一切，所体验的一切，都将比这个或那个城市大街上每天过往的行者更加微不足道。

我这张脸是谁

公司的一位股东,被一种不明的疾病所困日久,病轻时偶然兴起,决意得到一张办公室全体员工的合影照片。于是,前天,在摄影师兴高采烈的指导之后,我们排成队,身后是邋遢的白色隔板,是普通办公室和 V 先生办公室之间摇摇晃晃的木质分界。在队列的中央,站着 V 自己,在他的两边,根据一开始理所当然但很快又被搅乱了的等级制度,站着平日在这里朝夕相处的人们,大家用身体完成这项小小的演出任务,其最终目的当然是一个秘密,只有天知道。

今天,当我到达办公室以后一会儿,当时我事实上已完全忘记了被摄影师两度捕捉的发呆时刻，我发现了M，我的一个同事，一个意想不到的早到者。他拿出一些黑白片子，让我辨认得吃了一惊，似乎是自己第一次被印上照片。事实上，这是同一张照片的两张复制品，是拍得最好的。

　　我不可避免地首先寻找自己，看着自己的面孔，体验一种面对真实的痛感。我从来没有给自己的生理外貌打过高分，但是，当我面对每天相处的伙伴们的队列，将自己与其他如此熟悉的面孔比较，我从来没有感到自己是这样的无足轻重，几乎不存在。我像个无趣的耶稣会的家伙。我瘦削的、呆板的面孔，没有表露出智慧，没有情感表露的强度，没有任何东西可以使这张脸，从其他面孔组成的凝固浪潮里脱颖而出。然而，其他那些脸不是凝固的浪潮，其中确有一些表情丰富的面容。V先生与真实生活中的他完全一样——坚实而招人喜爱的面孔，平稳地凝视，这一切都被翘起的小胡子所衬托。此人的品质在全世界的千万之众里毕竟比比皆是，平庸无奇——但他的力量和智慧印在照片上，就像打印在一本心理护照。两位旅行推销员看上去也好极了。另一位职员也不错，不过有一半被 M 遮去。而 M 会计！我的顶头上司，乏味单调和常规公事的化身，居然比我更有人样！甚至那个打杂的小伙计，不论我如何探究自己，不去压抑自己的情感，希望自己不是出于某种嫉妒——我也不得不承认，对比我一脸的空洞和乏味，对比这个呆若木鸡的丑八怪，他的微笑显然要光彩夺目得多。

这一切意味着什么？照相机真的从不撒谎？冷冷镜头记录在案的真实是什么？拥有这样一张脸的我是谁？……坦率地说吧……M 偏偏在这个时候哪壶不开提哪壶，突然对我说："你这个相照得好。"然后又对同事说："把他的模样照绝了，是不是？"

那个同事的快乐和附和，显示出我最终被抛进了垃圾堆。

内心的交响

　　我的内心是一支隐形的交响乐队。我不知道它由哪些乐器组成,不知道我内心中喧响和撞击是怎样的丝竹迸发,是怎样的鼓铎震天。我只知道,自己就是这一片声音的交响。

我是无

今天,我突然找了一个荒诞然而准确的结论。在一个恍然大悟的瞬间,我意识到自己是无,绝对的无。一道闪光之中,我看见自己一直视为城市的东西,事实上是一片荒原。在这一道让我看清自己的强光里,似乎也没头上的天空。我被剥夺了在这个世界面前一直存在的可能性。如果我再生,也必定与我无关,即没有自我的再生。

我是某座不曾存在的城镇的荒郊,某本不曾动笔的著作的冗长序言。我是无,是无。我不知道如何去感受,或者思考,或者爱。我是一本还没有开始写作的长篇小说里的人物，我在自己还未存在之前翱翔长空，然后被取消；在自己还未存在之前一次次梦想，梦想一个人，而那个人从来就没有打算赋予我生命。

我总是思考，总是感受，但我的思想全无缘故，感觉全无根由。我正在一脚踩空，毫无方向地空空跌落，通过无限之域而落入无限。我的灵魂是一个黑色的大旋涡，一团正在旋搅出真空状态的大疯狂，巨大的水流旋出中心的空洞，而水流，比水流更加回旋湍急的，是我在人世间所见所闻的一切意象汹涌而来：房子、面孔、书本、垃圾箱、音乐片断以及声音碎片，所有这一切被拽入一个不祥的无底洞。

而我，我自己，只因为深渊的几何力学所制约，成为那个存在的中心。我是这一切旋搅运动中的空无，它们因为我的存在才得以旋搅。因为任何一个圆环都得有一个中心，我这个中心因此才得以存在。我，我自己，是井壁坍塌残浆仅存的一口井。我是被巨大空无所包围的一切的中心。

仿佛地狱正在我体内大笑，倒不是笑魔现身显灵，而是僵死世界的狂嚎，是物态领域诸多残尸的环绕，还有整个世界在空虚、畸形、时代错误中每况愈下的终结。没有创造这个世界的上帝,没有唯一的、创造万物的、不可能存在的上帝,来旋搅这黑暗中的黑暗。

只有我尚能思考!只有我尚能感受!

我那母亲死于非常年轻的时候,我对她从来一无所知……

个性与灵魂

给每一种情绪赋予个性,给每一种思维状态赋予灵魂。

生活之奴

一切事物的单调包围着我,就像我进了监狱。而今天是我狱中岁月中的一天。不过,那种单调只是我自己的单调。其实,每一张即便是昨天与我们相逢的人面,在今天也有了完全不同之处,因为今天不是昨天。每一天都是特定的一天,世界上永远不会有另外的一天与之相似。只有在心灵中,才会有绝对的同一(尽管是一种虚假的同一),使很多事物与很多事物相类聚并且被简化。世界是由海角和尖峰组成的,我们的弱视症使我们只能看到四处弥漫的薄薄迷雾。

我希望能够远走,逃离我的所知,逃离我的所有,逃离我的所爱。我要出发，不是去缥缈幻境中的西印度，不是去远离其他南大陆的巨大海岛，我只是想去任何地方，不论是村庄或者荒原，只要不是在这里就行。我向往的只是不再见到这些人面，不再过这种没完没了的日子。我想做到的，是卸下我已成习惯的伪装，成为另一个我，以此得到喘息。我想要睡意临近之感，这种睡眠是生活的期许而不是生活的休息。靠着海边的一个木棚，甚至崎岖山脉边缘的一个山洞，对于我来说都够了。不幸的是，我在这些事情上从来都是事与愿违。

　　奴役是生活的唯一法律。不会有其他的法律，因为这条法律必须被人们遵从，没有造反或另求庇护的可能。有一些人生来就是奴隶，有一些人后来成为奴隶，还有一些人则是在强制之下被迫为奴。我们所有人对自由怯懦的爱，是无可辩驳的证据，证明我们的奴隶生活是如何与我们般配——因为一旦自由降临我们，我们全会将其当作一件太新鲜、太奇怪的东西而避之不及。甚至，我刚刚表达了我对一个木棚或山洞的愿望，希望在那里解除一切事物的单调，也就是说解除我之为我的单调，我真正有胆量动身去那个木棚或山洞么？单调一直存在于我的内心,我知道并理解这一点,我是否因此就再也不能从中解脱?到哪里都是窒息,因为无论我在哪里都是我在那里,当整个事情与空气无关而是肺出了毛病的时候,我的呼吸还能在什么地方得到改善?谁能说我情不自禁地呼唤纯净太阳和空旷田野以后,呼唤明亮海洋和广阔地平线以后,便不会再惦记我的床或我的食品?不会再走下八段楼梯来到街上?不会再次拐进街角的烟草店?不会再次对身边闲得无事的理发匠问候早安?

我们周围的一切,成为我们的一部分,成为渗透我们血肉和生命的一切经验,就像巨大蜘蛛之神布下的网,在我们轻摇于风中的地方,轻轻地缚住我们,用柔弱的陷阱诱捕我们,以便我们慢慢地死去。一切就是我们,而我们就是一切。但如果一切都是虚无,那么事情还有什么意义?一道阳光暗去,一抹突然阴沉逼人的乌云移来,一阵微风轻轻吹起,寂静降临了,抹去了这些特定的面容、这些嗡嗡人语,还有谈话时的轻松微笑,然后星群在夜空中如同残缺难解的象形符号,毫无意义地浮现。

里斯本这个托盘

我经常想知道，如果我能够在财富的庇护下躲避命运的寒风，如果我叔叔的道德之手没有把我引进里斯本的一个办公室，如果我没有把工作换来换去，直到最后随俗高升为一个好样的助理会计、并据此得到一份午间快餐般的刚刚够我生存的工资，我会成为一类什么样的人？

我知道，那些不存在的过去一旦存在，我眼下就不可能写出这些文字。这些文字虽然不多，但至少比起我仅仅在白日梦里的所有作品来说，比起那些给我更多舒心情境的白日梦来说，无疑要好得多。平庸是智力的一种构造，而现实，特别是当它是野蛮和粗俗的时候，就形成了一种对心灵的自然填补。

我感觉和思考得很多的是，作为会计的这一份工作真让我感激，它使我得以用前一种存在，否定并摆脱后一种存在。

如果我不得不填写有关早期文学影响来自何处的问卷名录，在第一条虚线上，我将写下 C·韦尔德（十九世纪葡萄牙著名现代诗人，一生中大多时候，以小职员的身份谋生，故经常进入本书作者的联想——译者注），但这份名录如果没有 V 先生，没有 M 会计，没有 V 出纳，没有办公室的小杂役 A，整个名录就不完整。在他们名字的后面，我还要用大写字母写下关键词：里斯本。

事实上，他们都像韦尔德一样重要，给我的世界观规定了正确的系数。我以为"正确系数"是一种工程师们使用的方法论（我对它的精确定义当然并无把握），适用于把握生活的数学态度。如果它是这样一个概念，那生活对于我来说，就确如这个概念所指。如果它不是这样一个概念，那么它便代表了生活可能的未来，还有我在这一种蹩脚比喻中未能表达的意向。

当我进入最清澈的心境,考虑我的生活究竟形如何物,我想象它如同一些鲜亮多彩的杂乱碎片——一块巧克力包装纸,或一支雪茄烟的标牌纸环——等待清场的女佣把它们从脏污的桌布上轻轻扫入清扫盘,混入现实的面包屑和面包皮当中。我的生活就显露在那些碎物里,显露在那些既有殊荣的福分,也将宿命于清扫盘的东西当中。神主们在凡间这些抽泣的无谓的区区碎物之上,继续他们的高谈阔论。

是的,我一直富有,受到宠爱、小心照料以及打扮装饰,从来不曾料想一块漂亮纸片混入面包屑中的一刻。我一直留在幸运的托盘中——"这不是我要的,谢谢你"——然后,我被侍者托回餐柜,在那里直至陈旧和腐灭。一旦我如愿以偿地被启用,我就会被抛进垃圾箱,与那些作为基督遗留之身的面包屑一起,无法想象后来在什么样的星光之下,将要发生什么样的事情。

但我知道,"后来"是有的。

两种现实

我已经认识到,我总是同时思考和倾听两样东西。我期望每一个人都这样稍稍试一下。一些印象是如此模糊,只有在我对它们展开回忆以后,我才能找回对它们的充分感觉。我觉得这些印象形成了我对事物双重关注的一个部分(也许是轮换的一部分)。在这种情况下,我参入的两种现实具有相等的分量。我的真实便在其中。这种真实,或许同时展现于我的悲剧和我的悲剧性喜剧。

我小心抄写,埋头于账本,在平衡表上测出一家公司昏沉沉的无效历史,与此同时,我的思想依循想象之舟的航线，穿越从来不曾存在的异国风景。对于我来说，这两种景观同等清晰，同样的历历在目：一方面，我写下一行行 V 公司抒情性商业诗的表格纸，另一方面，在靠近油漆成斑马线的甲板那一边，我在甲板上凝神打量成排的甲板靠椅，还有航程中伸长双腿正在休息的人们。

（如果孩子的童车把我撞着，童车将成为我故事中的一部分。）

锅炉房挡去了甲板一部分视野，让我没法看到那些人腿以外更多的东西。

我把笔伸向墨水瓶时，锅炉房的门开了〔……〕我感到自己正站在那里——陌生人的形象浮现。他背对着我，朝另外的人走去。他走得很慢，我从他的背上无法推断出任何东西〔……〕我开始清理账本上的另一笔账目。我力图查出我在哪里弄错了。原来 M 先生的这一笔应该列入借方而不是贷方（我想象他：肥胖，和蔼可亲，善于开玩笑；远远地看去，航船已经消失）。

一个人是群体

从天而降的倾盆大雨终于停歇，天空洁净，大地潮润，闪闪发光——世间的一切在大雨留下的凉爽中欣欣向荣，生活重新变得特别澄明。大雨给每一颗灵魂提供了蓝天，为每一个心胸提供了新鲜。

无论我们喜欢还是不喜欢，我们都是这一刻所有形式和色彩的奴隶，是天空和大地的臣民。我们对周围一切漫不经心也好，感怀至深也好，下雨的时候一如放晴的时候，心境都不会固持不变。只要一下雨，或者一停雨，难以察觉的变化便会发生，也许只存在于内心深处最为抽象的某种情绪，才在此时为我们所感。我们感触到这些变化，但对此并无了解，因为我们感觉天气的时候，甚至并未察觉出自己在这样做。

我们中的每一个人都是若干人，是很多人，是丰富的自我，比我们自己每一个人的无限增殖更为丰富。这就是为什么一个无视周围一切的人，也可以因周围的一切或喜或悲，从而有别于自己。我们的存在是一片巨大的殖民地，有很多不同类型的人，各别相异的思想和感觉全都共处其中。今天，当工作不足带给我合法空闲，让我记下这少许印象的时候，我是小心抄写它们的人，是刚才还在闲中得乐的人，是遥望天空哪怕并不能真正看清什么的人，是思考这一切的人，是轻易得到生理感觉并且注意到自己双手一直有些发冷的人。像一个千差万别但紧密聚合的群体，我的整个世界由不同的灵魂组成，彼此并不了解对方的角色，却聚多为一，组合成孤身之影——某个会计之身，一个靠近 B 先生那张高桌的沉静之身。在这里，我找到了他从我这里借走的吸墨纸。

既不崇高也不低贱

像所有的悲剧一样,我人生的核心悲剧是一种命运的嘲弄。我反感生活,因为它是一种对囚犯的判决。我反感梦想,是反感逃脱行为的一种粗俗形式。是的,我生活在无比肮脏而且平常的真实生活里,也生活在无比激烈而且持久的梦幻化生活中。我像一个放风时醉酒的奴隶——两种痛苦同居于一具躯体。

理性的闪亮划破生活的沉沉黑暗,我看得非常清楚,在闪亮中涌现出来的事物完全是由道拉多雷斯大街上卑微的、涣散的、被忽略的、人为做作的东西所组成,它们构成了我整个生活:卑贱的办公室将其卑贱渗透到它每一个上班者的骨髓。逐月租下的房间里，在租居者的生命之死以外，不会有任何其他事情发生。那个街角的杂货店老板，以萍水相逢的方式与我相识。老旅店门前站着的那些小伙子们，在每一个相同日子里白白付出劳累。人们像演员们，持久地演出他们不变的角色，或者说，生活像一出只有布景的戏剧，而在这出戏剧里，甚至布景也颠三倒四……

但是，为了逃离这一切，我也看出来了，我必须驾驭这一切，或者必须拒绝这一切。我无法驾驭，是因为我不能超脱现实；我无法拒绝，是因为无论我可以怎样做梦，梦醒之后还是我确切无误地停留在我之所在。

我梦见了什么？刺入内心的羞耻，生活中错误的怯懦，一颗灵魂的垃圾场，而人们仅仅在睡梦里，在他们的鼾声中，才会以死者的外表来造访这种垃圾场。在那种平静的神态中，他们不是别的什么，看上去不过都是一些人模人样的死物！他们无法对自己做出一个高贵的行动，或者心如死水之时却又欲念未绝，如此而已！

恺撒曾经对雄心作过恰当的定义，他说："作一个农夫比在罗马当副官更好。"我欣悦于自己既不是农夫，又没有在罗马的地位。无论如何，在阿萨姆普卡大道和维多利亚大道之间街区里的那个杂货商，还是应该受到某种尊敬。他是整个街区的恺撒。我对于他来说是否更高贵一些？当虚无不能向人们授予崇高，也不能向人们授予低贱，而且不容许这种比较的时候，我能得到一种什么样的尊敬？

杂货商是整个街区的恺撒，而那个女人，没错，正在崇拜他。

我就这样拖着自己走，做自己不愿意做的事，梦想自己无法拥有的［……］像一面没有刻度的公共时钟已经停摆……

黄　昏

在秋天最初的日子里，黑夜突然降临，似乎比平时来得早，有一种白天的时间不够工作的感觉，以致我们在白昼提前品尝到黑暗里无须劳作的愉快，因为黑暗意味着夜晚，而夜晚意味着睡觉、回家以及自由。当大办公室里移行的光线驱除黑暗的时候，当我们浑然不觉地从白昼滑入黄昏，我被一种令人欣慰的怪异感所袭。我在这种记忆中恍若非我。我感到就像自己写的那样，我入睡前正坐在床头读着自己。

我们全都是外部环境的奴隶：甚至在后街咖啡馆里的一张桌子前，一个晴天可以打开我们眼前广阔的视野；一片乡野阴云也可以引起我们内心的不寒而栗，让我们在某座废弃的旧屋里以求自己的惊魂稍定；而白日里黑暗的来临，可以像一片展开的扇面，展开我们需要休息的深度意识。

但是，工作不会慢下来，倒是变得更为活泼，因为我们不再在乎工作，能在自己所诅咒的劳动中自得其乐。我会计命运的巨大表格纸上，突然浮现了我大婶与世隔绝的房子，出现了那个睡前十点钟必有茶香飘溢的世界，那个我遥远童年中油灯仅仅映照着桌布的世界。那个灯光射入黑暗的世界，无限遥远地离开了我，眼下只有 M 会计的形影被昏暗的电灯照亮。茶还是送来了，不过是女招待送来的，她甚至比我婶婶还要老，像特别老的侍者那样有倦懒之态，还有察言观色之间尽力而为的温和——我越过自己全部消逝无痕的过去，正确无误地写下每一笔数字，或每一笔总数。

我再一次重新回味自己，在内心中失去自己，在那些遥远的、没有被职责和世界所污染的夜晚，在那些神秘和未来的童贞般的纯净里，忘却自己。

如此温柔的感觉，使我从借方和贷方的科目里解脱出来。有人向我提出一个问题的时候，我的回答同样温柔，如同我的存在已经空洞，我已经什么都不是，仅仅是我携带着的一台打字机，一本我自己打开的袋装《圣经》。这样来打断我的梦并不让人难受，它们如此温和，我甚至可以在说话、写作、答问以及进行交谈的同时继续做梦。最后，往日的饮茶时间已近结束，办公室要下班了。我缓缓地合上账本，抬起眼睛，泪水盈目，疲倦不堪，所有混杂的情感在心头涌起。我什么也没有感觉到，只感觉到一种悲凉，因为下班意味我梦想的结束，合上账本的动作意味跨越自己不可修复的过去。我将进入生命的睡眠，不是带着丝丝疲倦，而是带着孤单和困境。我陷入混乱意识的潮涨潮落，陷入夜晚黑暗的浪谷，陷入怀旧和孤寂的另一个有限之界。

一句祝愿

今天，我那积久日深和不时闹腾的焦虑感，几乎成了一种生理疾病。在负责延续生命的二楼餐厅里，我既没怎么吃好，也没有畅饮如常。我离开的时候，侍者注意到酒杯里还有个半满，转而对我说："晚安，索阿雷斯先生，但愿你明天喝得更好一些。"

如一阵风突然驱散了弥漫天空的乱云，这句简单短语如嘹亮和雄壮的号角，振奋我的灵魂。我体会到自己从来不曾充分认识的什么：有一种自发的、自然的同情，关联到咖啡馆和餐馆里的侍者，还有理发师和街头干着杂役的小伙子。我不能不坦率地说，我感到了对他们的"亲密"关系，如果"亲密"这个词也算合适的话……

兄弟情谊是一种非常细微的东西。

一些人统治世界，另一些人组成了世界。一个在英国和瑞士有百万财富的美国阔佬，与一个村庄的社会主义领主之间，并没有质的不同，只有量的差别。在这种统治之下［……］对于我们来说，便只剩下难以名状的芸芸众生，有天马行空的戏剧家 W·莎士比亚，有学校教师 J·密尔顿，有四处漂泊的但丁，有昨天替我跑过腿的小伙子，有总是给我讲故事的理发师，还有刚才这位侍者——他仅仅因为我没有把酒喝完，便献出了充满兄弟情谊的期望，祝我明天更好。

单调产生的快乐

大多数人以其愚笨生活在他们的生活之中,而这一回,愚笨中的智慧更使我惊讶。

显而易见,普通生活的单调是极其可怕的。我在这个普通的餐馆吃中饭,看见柜台后面的厨师,还有右边的老侍者,正在像对待这里所有的客人一样为我服务,我相信,他这样做已经三十年了。这些人过着一种怎样的生活?即便过上四十年,那个厨师差不多还是在厨房里度过每一天,有一点点休息,相对来说少了点睡眠,有时候去他的村子打一转,回来时拖沓了一点,但无须愧疚。他慢慢积攒自己慢慢赚来的钱,不打算花掉的钱。他将要落下病痛，并且不得不放弃（永远地）他的厨房，进入他在 G 省买下的墓地。他在里斯本活了四十年，但他从没有去过 R 区，没有去过戏院，只去过一次 C 区（那里的马戏小丑嵌入他生活的深处历久弥新）。他结婚了，为什么结婚？怎样结的婚？我一无所知。他有四个儿子和一个女儿。当他冲着我的餐桌把身子斜靠在柜台，他的微笑传达了一种伟大、庄重、充实的快乐。他并没有装模作样，没有任何理由这样做。他之所以显得快乐，是因为他确实快乐。

那个刚刚给我上了咖啡的老侍者，又怎么样呢？在他的一生中，他数以万次地这样上咖啡，活得与厨师无异，唯一的区别是，他干活的餐厅与其他人干活的厨房有四五码之遥。这样说，当然撇开了另一些小差异，诸如他有两个小孩而不是五个，他更经常地去 G 市，他比厨师更了解里斯本（如同更了解 O 市，他在那里待过四年），他同样是充实的。

我带着真正的惊骇，再一次观看那些生类的全景，几乎为他们感到恐惧、悲伤以及惊乱。我发现那些没有感到恐惧、悲伤以及惊乱的人，正好是生活在他们生活中并且最有权利这样做的人。文学想象的核心错误,就是这样的观念:别人都像我们,并且必定像我们一样感受。人类的幸运在于,每一个人都是他们自己,只有天才才被赋予成为别人的能力。

一切事物最终来说都是相对的。街头一个小小的事故,把餐馆厨师吸引到门口,此时的他,比我寻思一个最具原创性的念头,比我阅读一本最好的书,或欣悦于一些无用之梦,有更多的娱乐。而且,如果生活本质上是单调的,那么真理就是:他比我更容易、也更好地逃出了单调。真理不属于任何人,因此他并不比我更多地拥有真理,但他拥有快乐。

聪明人把自己的生活变得单调,以便使最小的事故都富有伟大意义。任何一位历险的猎手在打了三只狮子以后,都会丧失猎狮的兴致,而在我单调的厨师那里,他目击的所有街头斗殴都能令他赏心悦目,并从中获益。对于从未离开过里斯本的人来说,乘坐电车去一趟B区,就像无终无止的远游,如果有一天让他探访了S市,他也许会觉得自己去了火星。在另一方面,遍游全球的旅行者,走出方圆五千英里以外,就再也不能发现什么新鲜事。他总是看见新的东西。但哪里有新奇，哪里就有见多不怪的厌倦，而后者总是毁灭前者。这样，真正的聪明人能从自己的躺椅里欣赏整个世界的壮景，无须同任何人说话，无须了解任何阅世之法，他仅仅需要知道如何运用自己的五种感官，还有一颗灵魂里纯粹的悲哀。

一个人为了摆脱单调，必须使存在单调化。一个人必须使每一天都如此平常不觉，那么在最微小的事故中，才有欢娱可供探测。在我日复一日的工作当中，充满了乏味、重复、不得要领的琐事，但幻象使我神不守舍：遥远海岛的残梦，在另一个时代的花园大道上举行的种种聚会，不同的景象，不同的感觉，另一个不同的我。但是，平心而论，我意识到，如果哪一天我真的得到了那一切，它们就会无一例外地不再是我的了。

事实是，V先生比任何梦中国王更有价值；道拉多雷斯大街上的办公室比所有虚构花园里的宽广大道更有价值。因为正是V先生，才使我能够享乐于国王梦；正是因为道拉多雷斯大街，才使我能够享乐于内心中种种不可能存在的水光山色。如果梦中的国王属于我，我还有何可梦？如果我拥有那些绝无可能的水光山色，那么还有什么东西可为幻影？

我一直被这种单调护佑。一样的日子乏味雷同，我不可区分的今天和昨天，使我得以开心地享乐于迷人的时间飞逝，还有眼前人世间任意的流变，还有大街下面什么地方源源送来的笑浪，夜间办公室关闭时巨大的自由感，我余生岁月的无穷无尽。

因为我是无，我才能够想象我自己是一切。如果我是某个人，我就不能够进入想象中的这个人。一个会计助理可以把自己想象成罗马国王，但英国国王不能，因为英国国王已经失去了把自己梦想成另一个国王的能力。他的现实限制了他的感觉。

童心不再

　　清晨向城市敞开胸怀，处于一片街市的光亮和暗影（或者更确切地说是不同光线强度）之间。因为光亮来自城市的墙垣和房顶（不是源于它们的物体，而是源于它们存在于那里这样一个简单事实），所以，早晨似乎不是来自太阳，而是来自城市本身。

　　我感受这一点的时候，我满怀希望，而且在这一刻认识到希望是一种纯粹自由的感觉。明天、春天以及希望，统统是与情感诗意相联的词语，与心灵中的情感记忆相随。不过，如果我像观察城市这样近切地观察自己，我便明白自己一切希望所系的今天，就像其他每一天一样也会要完蛋。以理智的态度看待朝霞,那么在似乎永远存在的朝霞那里,我可以看见自己一直寄予其中的希望,并不属于我。它属于那样一些人,他们为打发时光而生活,他们的思想方式,在眼下的片刻令我若有所悟。希望?我为什么而希望?白天给我的唯一许诺,是这一天在固定不变的运行,在终结中成为另外的一天。阳光使我兴奋,却不能改变我。一如我来到这里,我也将要离去——在阳光中衰老,在新的感觉中高兴,却在思想中悲伤。无论什么时候有什么新的东西诞生,人们很容易关注它诞生的事实,想象它无可避免的死亡却也不困难。现在,强烈而富足的阳光之下,城市的景象如一片房屋的海洋——宽阔,自在而且整齐。但是,我目睹这一切的时候,我能否真正忘却自己的存在?

对这座城市的深层意识,其实就是关于我自己的意识。

我突然记起了后来再没有见到过的情景,即儿时所见的城市破晓。当时的太阳不是为我而升起,因为我(一直无所意识)是生命,太阳是为所有的生命而升起。当时的我看见了早晨,于是快乐;今天的我也看见了早晨,我先是快乐,却转而悲伤。我内在的童心依旧,却已经陷入沉默。我见到了自己的曾经所见,心中的另一对眼睛,却使我看见了自己事实上的所见:太阳是黑暗的,绿树是沉闷的,鲜花甚至在它们开放之前便已经枯萎。是的,我曾经住在这里,今天无论怎样新异的景观向我展现,在我全部的所见所闻面前,最初的视象都会使我转而成为一个外来者,一个访问者,一个新奇者,一个陌生者。我已经垂垂衰老。

我早已看见了一切,包括看见过那些我从未看见以及无意看见的一切。即便未来景观的无聊感已渗入自己的血液,即便我痛苦地明白这一点,我还是不得不再一次怀着预先已有的乏味感,把目光投向我早已相逢的景观。

依凭阳台,欣悦于日照,我看见整个城市的千姿百态,唯有一种想法涌上心头——任何牢不可破的东西都将死亡,都将消失,都不能再见到阳光倾洒街市,不能思考和感觉,都将把我遗忘,就像对待废弃的包装纸,来对待太阳的运行以及它的整个白日。它们在生命的偶尔努力中不辞而去,像一个人将沉甸甸的外衣脱在床前。

主观的坐椅

以一种巨大的努力,我从坐椅里站起来,居然发现这张椅子似乎还沉沉地挂在我腰身。只有在这个时候,它更重了一些,因为它已成为自己主观感觉的坐椅。

梦的外形

在悠长的夏日黄昏里，我喜爱这一片城市商业区的宁静，与充斥于白日的嘈杂忙乱作一种对比，这种宁静更让人动心。阿尔赛纳尔大街，阿尔范德加大街，幽暗的道路直达东边阿尔范德加大街的终端，还有静静的码头那边漫长而孤独的岸线：当我分担它们一份孤独的时候，它们在这些黄昏里以幽暗抚慰我。我被送回很久很久以前的时光，远离自己真实所处的现在。我乐于想象自己是一个现代的 C·韦尔德，在内心中感觉自己。我不是他曾经写下的诗，而是他诗的本质。

夜幕降临之前，我的生活与街市没有什么相似之处。这里的白天充满毫无意义的喧闹，到了夜晚，这里的喧闹停息同样毫无意义。在白天，我什么都不是，到了夜晚，我才成为我自己。在我与阿尔范德加大街之间没有什么差别——除了它们是街道，而我有一颗人的心灵，而这一点较之于所有事物本质的时候，也可以说微不足道。人与物件分享一个共同而抽象的命运：在生命之谜的代数学里，成为同样毫无意义的值。

但是，还有别的一些东西……在那些缓慢而空虚的时光里，一种有关所有存在的悲伤之感在我心头升起，进入我的大脑。更为苦涩的感觉，是任何事物在被我感知的同时又外在于我，我无力改变这一点。有多少次，我看见自己的梦想获得物体的外形——以一列街道尽头掉头电车的形象袭击我，或者成为夜里一个街头摊贩的声音（天知道卖的什么），唱着阿拉伯歌曲，以突如其来的强音打破黄昏的单调——它们不是为我提供一种现实的替代品，而是宣示它们自己确实不以我的意志为转移。

去教堂

星期天的早晨我迟迟还在写作。这是充满和煦阳光的一天,城市参差不齐的屋顶之上,是新鲜的蓝天,是人们遗忘中锁定了疏星的神秘存在……

这是我心中的星期天……

我的心披上了一件儿童的丝绒衬衫,去它并不知道的一所教堂,在敞开的白色衣领之上,它面带微笑,为最初激动的印象而泛出红光,眼中没有任何一丝悲伤。

纸牌游戏

我嫉妒那些能够写入传记或者写入自传的人——虽然我不能肯定"嫉妒"是一个合适的词。通过慎重写下这些不连贯的印象,我成了自己自传的冷漠叙述者。这是一本没有事件的自传,没有生活的历史。这些是我的自供。如果我这里面什么也没有说,那是因为我没有什么可说。

任何人的自供都值得珍视?或者能服务于什么有用的目的吗?发生在我身上的事,会发生在所有人的身上?还是单单落在我们头上?如果是前一种情况,那么就没有任何新奇的价值;如果是后一种情况,那么任何自供都不可能被理解。我写下这一切，只是为了给自己的感觉退退烧。我自供的东西无足轻重，因为本来就没有任何东西说得上重要。我绘出自己感觉的一些图景。我给自己一个感觉的假日。我理解那些绣出了和编织出哀伤的女人，因为生活本来就是这样。我的老婶婶靠着玩单人纸牌，度过一个个无限漫长的夜晚，而我感觉的供示，就是我的单人纸牌游戏。我不会以纸牌预测未来的方式去解释它们。我也不会去细究它们，因为在单人纸牌游戏里，纸牌本身并无价值。我展开自己，就像展开一段多彩的毛线，开始挑绷子的游戏，缠在孩子们挺直的指头上，让他们从一根挑到另一根。我小心自己的大拇指不要滑落了最要紧的一圈，以便自己可以翻示出一个不同的花样来。然后，我再一次开始。

生活就像根据他人的设计来编织出各种图样。但是，当一个人编织的时候，思想是自由的，随着象牙钩针在羊毛线里上下翻挑，被妖法镇住的王子总是会自由地从公园里踱步而来。这些编织的事物……一个停顿……或一片虚无。

至于其他，我能对自己的品质抱有何种期待？我期待一种对感觉极度敏感的感觉,一种对感受特别深入的意识……一种自我拆解的锐利智慧,一种用梦幻娱悦自己的非凡才具……一种业已不存的意志,一种如同孩子挑绷子般的反思精神……一句话,一种编织能力……

亦同亦异

一天过去以后，留下的东西还是昨天留下的东西，也是明天将会留下的东西：我有永不满足的、不可估量的渴望，即渴望成为自己的一个同者又是一个异者。

暴风雨 *

积云低压，蓝色的天空被若明若暗的云团玷污了。

当邮差的小伙子站在办公室那一头，在他永远被邮包所束缚着的命运里喘了一口气……"你们听［……］"他兴致勃勃地察觉到什么。

一阵寂静。从街头车站有一阵巨响劈面而来。它似乎带来了这个时代的惶惶临夜之感，带来了整个宇宙的屏息一刻。整个世界都凝固不动了。时间一分钟一分钟地过去，黑云在静寂中越来越暗。

---

* 原标题如此——译者注

接着，一道刀刃般明亮的闪光突然爆发。

电车的咣当当金属之声是何等的富有人味！从地狱涌来的倾盆大雨，使街头景观何等的令人欣喜！

哦，里斯本，我的家园！

街头歌手

他正在遥远之地最温柔之声唱着一支歌。乐曲使陌生的歌词变得似乎熟悉起来。它听起来像一曲为灵魂谱写的FADO（葡萄牙民间音乐的一种——译者注），虽然它实际上与FADO毫无共同之处。

通过它隐秘的歌词和它动人的韵律，歌声诉说每一颗心中都存在的事情，也是我们所有人都不知道的事情。他似乎正站在街头如痴如醉地倾心而歌，甚至唱得旁若无人。

人群聚集，倾听他的歌唱，没有丝毫嘲弄的迹象。歌声属于我们所有的人，有时候直接对我们诉说出某些失落民族的神奇秘密。如果我们留心于这一切，城市的噪音行将隐而莫闻，与我们擦身而过的小汽车也无法扰动耳鼓。但我只是感觉到它，并不能听到它。陌生人的歌唱中有一种强烈情感，在滋养我内心的梦想，或者在滋养我内心中不能梦想的部分。

对于我们来说，虽然这只是街头可以看看的什么玩意，但我们全都注意到警察在慢慢地绕过街角，走了过来。他仍以慢腾腾的步子走向我们，停了停，在卖伞的小伙子后面，像一个只是随意看看的闲人。在这一刻，歌手停止了歌声。没有人说一句话。

然后，警察走进了人群。

抵达生活的旅游者

仲春季节，清晨的薄雾里，贝克萨区（里斯本的商业区，亦即作者笔下索阿雷斯就职的地方——译者注）懒洋洋地苏醒过来，连太阳也爬升得慢慢腾腾。清凉空气中充满一种静静的欢欣，一阵微风轻柔的呼吸几乎让人难以察觉。生命在寒气中轻轻地哆嗦，但此时微风已过。生命与其说是在寒冷中哆嗦，不如说是在对于寒冷的记忆中哆嗦；与其说是哆嗦于现场的天气，不如说是哆嗦于这种天气与即将到来的夏天的对比。

除了咖啡馆和奶品房，其他店铺都还没开门。但这种寂静不是星期天早晨的那种疏懒性的安定，而是纯粹的寂静。空中有一圈淡黄色晨光，透过薄雾的蓝天微微发红。少许路人显现出街头生活开始时匆忙不宁，在一家不常打开但碰巧一早就显露人面的窗子前，热闹更多了几分。电车在雾气中沿着一线节节编号的黄色车辙，一节节驶过去了。随着时间分分秒秒地消逝，街上开始有了更多的人影和人气。

我没有任何思想和情绪，只是在自己的感觉中漂流。我早早就醒来了，出门后毫无目的地在街上溜达。我审视这一切，用思想来观看这一切。奇怪的是，一片情绪的薄雾在我心中升起。外部世界浮游的雾流，似乎慢慢渗入了我的体内。

我不无震惊地意识到，我一直在思考自己的生活。我不曾知道自己是什么，这居然是真的。我想，我只是在看着和听着，在无所事事的闲逛中我什么也不是，不过是一个接受影像的镜子，是一块现实物件在上面投注光彩以取代暗影的白色屏幕。但是，我没有意识到这一点，我甚至比这种情况更糟糕。我一直在心灵中自我否定，我自己关于街道的玄想式观察就是对街道的一种否定。

当雾气升高的时候,雾流多少有些混浊,披上乳白色的光泽。我突然注意到,眼前有了更多的喧闹,来自更多的人。很多路人的步态看上去少了一些匆促。与其他所有人悠闲步态形成鲜明对比的是,卖鱼女人的快步,还有面包师们提着古怪篮子的大步,给街市另添新的景观。兜售其他货品的贩子们也形色各异,货篮里的花色比内容更加多样,企图在此起彼伏的叫卖中能胜人一筹。一些送奶人的金属罐子,在曲曲折折的营销路线上发出混杂的咔咔声,好像他们是一串发出怪异声响的破琴键。警察则呆呆地立在交叉路口,对难以察觉的一天来临,代表着文明统一的否定。

我现在感到,如果我仅仅是一个能够看见这一切的人,除了观赏以外与周围的一切毫无关系,如果我细察这一切,恰如一个成年旅游者今天刚刚抵达生活的表层,那该多么好!如果一个人生来一直疏于学习,不曾把诸多学舌而得的意义强加万物,他只能看到各种事物内在的意义,不在乎人们凭空外加的意义,那该多么好。如果一个人仅仅能够知道卖鱼女人的人性现实,无须去给她一个卖鱼妇的标签,无须知道她的存在和卖鱼的事实，那该多么好。如果一个人仅仅能够以上帝之眼来打量眼前的警察，那该多么好。如果一个人能够弃绝神学式的深研细究，只是像初次相逢时那样来注意一切事物，把它们视为神秘的显现，而且视之为现实之花的直接开放，那该多么好。

我听到钟楼或者时钟敲击钟点的声音——虽然我没有计数，但可以肯定是八点钟了。时间存在的乏味事实，将社会生活强加于持续时间的种种界定——一片抽象思考的边地，一种确定未知事物的限界——将我的思绪引回自己。

我看看周围的一切，眼下充满活气和普通人性的一切，除了天空中一部分残缺不全的蓝色碎片依然朦胧若现，我看见天上的大雾正完全散去，正在渗入我的心灵和人间一切，正在渗入万物中能够令我心动的部分。我失去了我目睹的视界。我被眼前的所见遮蔽如盲。我现在的感觉属于知识的乏味王国。这不再是现实：仅仅只是生活。

……是的，我所从属的生活也从属于我，这不是仅仅从属于上帝或者从属于现实本身的现实，既不包含神秘也不包含真理，却给我一种真实之感，或者打扮出可能为真的模样。它以一种固定的形式存在于什么地方，超越了昙花一现或者永垂不朽的需要，给我一种绝对的图像，还有使一颗心灵得以显现形貌的理想形式。

我慢慢地（虽然没有我想象的那样慢）择路返回，意欲重返我楼上的房间。但是，我没有走进大门，犹疑着继续走下去。街市被各形各色的货物所充斥，挤满了顾客和行人，一眼看去全是各类小贩。我缓缓前行，如一个死人，一个视而不见的人，一个眼下什么也不是的人：他不过是一个人形动物，继承着希腊文化、罗马法规、基督教道德以及所有其他幻象，那些足以制造出我正在生活其中和感受其中的文明。

而生活将会是什么模样？

太阳为谁而升

我持久的偏执之一,就是力图理解其他人的存在方式,以及他们的灵魂是如何不同于我,他们似乎独一无二的意识如何不同于我。我完全理解,前人说出我熟悉的词语,做出我做过的或能够做出的相同手势,与我同类的方式无异。还有我梦中幻境里的人,我在小说里读到的人,那些在台上通过代表他们的演员来说出台词的剧中人,也仍然使我感到雷同。

我猜测,没有人会真正接纳他人的存在。一个人可以承认,其他人也是生类,也能够像他一样思考和感觉,但总有一点不同的因素吧,总有一点可以感觉得到但又没法明确指出的差别吧。时光流逝，一些猎奇志怪的书籍，留下了一些人物，似乎比同类骨肉所制作出来的人更让我们感到真实。这些用同类骨肉制作出来的人，正在酒吧里隔着柜台对我们说话，或在电车里引我们注目，或在大街上萍水相逢地擦肩而过。对于我们来说，这些他人只不过是景观的一部分，通常是熟悉大街上隐匿莫见的景观。

也许，我更为感到紧密相连和息息相关的人，是我从书本里读来的，是我在雕刻作品中看到的，而不是现实中的人，不是"血肉之躯"这种形而上意义上的荒诞所指。据实而论，用"血肉之躯"来描述他们其实不错：他们像屠夫石头案板上的肉堆，虽然还像活物一样流血，却已是死去的造物，是命运的肉排和肉片。

我知道，所有人都是这样感觉的，所以我不会为这种感觉方式羞愧。人与人之间尊重的缺乏，还有冷漠，使他们互相残杀而无须内疚（如凶手所为），无须对残杀有所思考（如战士所为）。这一切都源于这样一件事实，人们从未关注过这样一个明明白白的深奥道理：其他人也有灵魂。

在某些日子，在某些时刻，莫名的感觉之风向我袭来，神秘之门向我洞开，我突然意识到墙角里的杂货商也是一个精神的生命，在门口弯腰跨过一袋土豆的他那个帮手，也是一颗确凿无疑能够受到伤害的灵魂。

昨天，他们告诉我，烟草店的帮手自杀了。我简直不能相信。可怜的小伙子，这么说他也是存在过的！我们，我们所有的人已经忘记了这一点。我们对他的了解，同那些完全不了解他的人的了解，竟然相差无几。我们明天会更加容易地忘记他。但确定无疑的一点，是他有一颗灵魂，一颗足以结束自己生命的灵魂。激情？忧伤？当然如此。但是，对于我们来说，对于所有还活着的人类来说，他留下的一切，是人们记忆中他那傻乎乎的微笑，还有下面一件不合身和脏兮兮的毛皮夹克。这就是一个人给我留下的一切，而这个人内心如此之深，以致足以结束自己，毕竟没有其他理由足以使一个人这样做……我回想到有一次，我从他那里买烟，发现他可能要过早地秃顶。事到如今，他根本还来不及秃顶。然而，这就是我对他的记忆。如果我的记忆并非事实而是我的玄想，那么他可曾留给我其他记忆？

我有一种突如其来的幻象：他的尸体，装载他的棺木，人们最终将把他送达的那个生冷洞穴。我的目光完全剥除他那件夹克，于是我看见那位裸身的烟草店帮手代表了所有人类。

幻象仅仅只是一瞬间。今天，当然啦，身为凡胎，我只能想到他死了。如此而已。

不，他人并不存在……太阳扬起沉重的光翼，泛出刺目而斑斓的色彩，只是为了我一个人而升起。太阳下面光波闪闪的江流，尽管在我的视野之外，也只是为了我一个人而涌动。让人们得以放目江河滚滚波涛的空阔广场，也是为我一个人而建立。烟草店的帮手葬入一个普普通通的墓穴，不就是在今天吗？今天的太阳，不是为他而升起的。然而，不论自己如何不愿意，我也不得不突然想到：太阳同样不是为我升起的……

思想比生存更好

这座明亮城市中熠熠闪光的海关对面,是连绵不断的一排排房子,空旷的场地,道路和高楼群若断若续的轮廓。从一大早开始,这一切就被裹在一片淡淡的雾中。太阳慢慢地变成金色。早晨过后,微风轻拂,柔和的雾罩才开始散开,如同轻纱被丝丝缕缕地挑去,直到最后消逝。到了上午十点钟,流散一尽的大雾,仅仅在蓝天里残留一片踌躇不定的游云。

雾纱旁落的时候,城市里的活物便重新诞生了。已经破晓的白天,像一扇突然打开的窗子,再一次迎来了破晓。街头的各种声响纷杂有别,如同刚刚涌现。一种青色悄悄弥漫，甚至潜入了鹅卵石以及行人们混杂的气味中。骄阳似火，但散发出一种潮润的热，似乎已经被刚才消散了的大雾所浸透。

我总是发现，无论雾大雾小，一个城市的苏醒比乡村里的日出更令人感动。一种重新再生的强烈感觉，越往下看就会越强烈。与田野渐入亮色的情形不同，这太阳，树的背影，还有树叶展开过程中最初的暗色，接下来光的流移，一直到最后的金光闪耀，一切动人的变化叠印在窗子里，投照在墙壁和房顶上……在乡村里观看破晓，总给我好的感觉，而在城市里观看破晓，对于我来说既好也不好，因此使我感到更好。如同所有的希望，一种更大的希望给我带来遥不可及的非现实的怀乡余味。乡村里的破晓只不过是存在的事实，而城市中的破晓则充满许诺。前者使你生存，后者则使你思想。我总是相信，思想比生存更好。这是我的不幸，与其他所有的大不幸随行。

我已经身分两处

今天，我们称之为办公室小伙计的那个人走了，人们说，他返回农村，再也不会来了。今天，这个被我视为人类群体中一部分的人，进而成为我和我整个世界的一部分的人，走了。那天在走道上偶然相遇，我没法不对我们的分手吃惊。他不无羞怯地与我拥抱。我的心不由自主地发酸，眼眶不由自主地发热，借助足够的自制力，我才没有哭出来。

所有一切都是我们的，这纯粹是因为：它们曾经一度是我们的，与我们偶然地生活在一起，或者在日常生活中曾经目光相接，便成为我们的一部分。今天，不是一个办公室的小伙子，而是一个生命体，一个活生生的人类，我生命物质中千真万确的一部分，离开了我们，去了 G 省某个我们不知道的地方。今天，我已经身分两处，再也不可能复原。今天，办公室的小伙子走了。

所有发生在我们生活其中的世界里的一切，也发生于我们的内心。所有消亡于我们所环视的世界里的一切，也消亡于我们的内心。假定我们能够留意，一切事物便得以存在于那里，它们一旦失去，便是从我们心头撕走。今天，办公室的小伙子走了。

当我坐入高高的椅子，重新返回昨天的账本，我感到沉重、衰老，还有意志的虚弱。但是，今天这场难以明言的悲剧带给我沉思，一种我必须奋力压抑的沉思，已经打断了整理账目的机械性程式。如果我还得用心工作，我只有靠一种惯性的动作，把自己强制性地拉回来就范。今天，办公室小伙子走了。

是的，明天或者以后的哪一天，生离死别的钟声在幽静中响起，不再在这里的人将是我，一本陈旧的抄本被整理好以后束之高阁。是的，明天，或者以后的哪一天，命运判决的时候，我也许将要死去。我也会返回故乡的小村庄吗？天知道我将归宿何处。今天，仅仅因为离别还能引起人的感触，一种缺席者的悲剧才变得历历在目真切可触。

呵，办公室的小伙子今天走了。

心灵是生活之累

一些感觉像梦,成为弥漫到人们精神任何一个角落的迷雾,让人不能思想,不能行动,甚至怎么样都不是。我们梦幻的一些迹象存留于心,就像我们没有正式睡觉,一种白日的余温还停留在感觉的迟钝表层。当一个人的意志成为院子里一桶水,而且被笨手笨脚的路人一脚踢翻的时候,这真是一无所有的陶醉之时。

人们送出目光但并无所见。长长的街道挤满人类这种造物,像一瓶倾倒的墨水,污染的信件上乱糟糟一团,无可辨识。房子仅仅是房子,不论人们看得怎样清清楚楚,也不可能从这种观察中获得什么意义。

皮箱匠小店里传来的一阵阵锤击之声,给人一种熟悉的陌生之感。每一击都相隔有序,每一击都回声尾随,每一击也都完全空洞。雷声惊魂之时,过路的马车照例发出它们惯有的轰响。人声浮现,不是来自人们的喉头,而是来自空气本身。作为这一切的背景,连河水也疲惫不堪。

这不是人们感受到的单调。这一切也不是痛苦。这是在另一种不同的个性装束之下昏昏入睡的欲望,是对增薪以后乏味之感的忘却。你对任何东西也没有感觉,除了你的双腿在不由自主向前行走时机械地起落,使你意识到自己的脚上穿着鞋子。也许连这一点你也感觉甚少,因为有些东西密封了你的大脑,遮去了你的双眼,堵住了你的耳朵。

就像心灵的一次感冒。以这种疾病的文学意象来向往生活,如同身处病床上一个长长的康复阶段;而康复的意念激发出城郊地带一些大房子的意象,在房子的深处,在靠近壁炉的地方,你远离街市和交通。不,你什么也听不到。你意识到你经过了一张你必须进入的门,走过它的时候你好像已经睡着,已不能使自己的身体移向别的任何方向。你途经了一切地方。你这只沉睡的熊,你的铃鼓现在何处?

微风带来咸腥难闻的海水气味,越来越浓,在塔格斯河边弥漫,在贝克萨区的周边沤积和浸染。它冷冷地飘荡,显示出温暖大海的麻木。

在这里,生活成为我堵塞在胃里的什么,而我的嗅觉藏在眼睛以后的什么地方。在更高处,完全是栖附于虚空之上,一抹薄薄的浮云从乌云中流出,最终融解在虚幻的白云之中。高空如同怯怯天国中的一座剧场,滚动着听不见的惊雷,空空如也,什么也没有。

连高飞的海鸥似乎也是静静的,比空气本身还要轻盈,好像是什么人把它们悬置在那里。而黄昏并无沉重之感,它降临于我们的不安之中,空气便渐渐地冷起来。

我可怜的希望,我一直被迫度过的生活正在诞生!它们就像此时的空气,像消散的雾气,不适当地试图搅起一场虚构的风暴。我想要呐喊,给这样的景观和这样的思虑画上句号。但是海水的咸涩注入我所有的良好愿望,在远远的低处,只有我的嗅觉能辨出的潮水,混浊而幽暗地在我胸中涌动。

这真是一通只能满足自己的胡说八道！可笑的洞察居然进入纯属虚假的感情！所有这些心灵和感觉的混杂，还有思考与空气和河流的混杂，只能说明生活已伤害我的嗅觉和意识，只能说明我还没有才智来运用工作手册上那简单而又放之四海皆准的话：心灵是生活之累。

夜　晚

呵，夜晚，星星在夜色里装点光明。呵，夜晚,大如宇宙的浩阔无际，造就我的肉体和心灵——同样是肉体的一部分。让我在黑暗中失落自己，使我也拥有夜晚，不再有星星般的梦幻，不再有对未来阳光的向往。

生活是伟大的失眠

任何人若希望制造一个鬼怪的概念，只需要在欲眠却又无法入眠的心灵那里，用语言来给事物造像。这些事物具有梦境的一切支离破碎，却不会是入睡的非正式入口。它们如蝙蝠盘旋于无力的心灵之上，或像吸血鬼吸吮我们驯从的血液。

它们是衰退和耗竭的幼体，是填注峡谷的暗影，是命运最后的残痕。有时候它们是虫卵，被灵魂宠护和滋养，却与灵魂格格不入；有时候它们是鬼魅，阴气森森地无事相扰却又挥之不去；有时候它们则像眼镜蛇，从旧日情感的古怪洞穴里浮现出来。

它们使谬误定若磐石,仅有的目的是使我们变得一无所用。它们是来自内心深处的疑惑,冷冷地据守在那里,在睡眠中关闭灵魂。它们像烟云一样短命,又如地上的车辙,所有能留下的东西,是曾经在我们相关感觉的贫瘠泥土中存在过的事实。它们当中,有一些像是思想的火花,在两个梦境之间闪亮过一瞬,剩下的一些则不过是我们得以看见的意识的无意识。

像一支没有完成的琴弓,灵魂从来不能存在于它的自身。伟大的景观统统属于我们已经亲历过的一个明天。而永不间断的交谈,已是一个失败。谁曾猜出生活就像这个样子?

我找到自己之日,就是失落自己之时。如果我相信,我就必然怀疑。我紧紧抓住一些东西的时候,我的手里必定空无一物。我去睡觉就如我正在出去散步。生活毕竟是一次伟大的失眠,我们做过或想过的一切,都处在清澈的半醒状态之中。

如果我能够入睡,我会快乐。至少我现在思考的时候我就睡不成。夜晚是一个巨大的重压,压得我在寂静覆盖之下的梦里自我窒息。我有一种灵魂的反胃症。

一切都过去之后，日子总是仍在到来，但它将会如常地迟到。除我以外的一切都在睡觉而且睡得很充实。我略有休息，但不敢去睡。迷糊之中，从我存在的深处，浮现出想象中那种巨大鬼怪的脑袋。它们是来自地狱的东方龙，伸出猩红色的离奇舌头，以呆死的眼睛盯住绝境中的我。

请你对这一切闭上双眼！让我来同意识和生活决战一场！然后，透过重开天日的寒窗，我幸运地看见一抹微弱的曙色开始驱散地平线上的暗影。我的幸运在于白日差不多可以从这种无法休息的疲惫之中带来休息。

奇怪的是，恰好是在城市中心，一只雄鸡在报晓。白晃晃的白日开始之时，我正在滑入睡眠。不知什么时候，我将要睡着了。驶过的马车激起一阵阵车轮的轰响。我的眼睑已经合下，但我并没熟睡。最后，只有命运之神扑面而来。

彷　徨

我们睡得很死的时候,没有人喜欢我们。我们遗漏了成功对付睡眠这件事,而这件事无论如何是我们人类的大事。熟睡之时,似乎有一种恼怒潜藏于我们的内心,潜藏在环绕我们的空气当中。说穿了,那是我们与自己争执不休,我们自己内心中秘密的外交战争正在爆发。

整整一天,我拖着自己的双腿在大街上疲惫不堪。我的心灵已收缩成一个有形的棉花球那样大小,我是什么,我曾经是什么,都记不起来了。有一个明天么?我不知道。我仅仅知道自己没有睡觉,一阵阵犯困的迷糊横插进来，在我与自己保持的交谈中，填入长长的空白。

呵，我是别人来享乐的大公园，是被这么多人理所当然来游玩的大花园，是永不知我的人们脚下那美妙的纵横大道！我处在两个无眠的夜晚之间，迟钝如从不敢多事的人，我所周旋之事，是在一个关闭的梦境里苏醒和惊醒。

我是一所开窗的房子，隐居于自身，畏怯而鬼鬼祟祟的幽灵使我堕入黑暗。我总是在隔壁的房间里，或者幽灵总是在隔壁的房间里，四周全是沙沙作响的大树。我彷徨不定并且寻找，而我寻找是因为我彷徨。我儿时的岁月披挂一件童用围兜站在我的面前。

在这一过程中，彷徨使我昏昏欲睡，像一片树叶飘入街头。最轻柔的风把我从大地吹起，我彷徨着接近黎明，穿越各种各样迎面而来的景观。我的眼皮越来越沉重，我的双腿摇晃无力。因为我正在行走，所以我想要睡觉。我一直紧紧咬住嘴巴如同要在密封双唇。我是自己一次次彷徨的残骸。

不，我没有睡觉。但是，没有睡觉和不能睡觉的时候更好。我在这长久的随意之中是一个更为真实的自己,象征着灵魂的半醒状态,我身处其中并哄慰自己。一些人看着我,似乎他们知道我,或者以为他们知道我。带着眼球和眼皮的隐隐作痛,我感到自己也回看了他们一眼。但我并不想知道外部的世界。

  我所有的感觉都是疲倦,疲倦,完全的疲倦!

倾 听

开始的时候像一种噪音,在黑暗的深渊里声声相应。然后,成为一种含混不清的呼啸,间或汇入大街上的商店招牌摇摇晃晃的刺耳声音里。再后来,空中清清楚楚的声音突然落入寂静。一切都在哆嗦而且静止,恐惧中只有静谧,一种被压抑的恐惧〔……〕此时,声音已经完全消失。

只有风声,仅仅是风。我昏昏欲睡地注意到,门在怎样拉紧铰链,窗上的玻璃怎样在呻吟声中抗拒。

我没有入睡,是半醒半睡的存在。

意识的沙沙声升浮到了表面。我睡意沉沉,但无意识仍纠缠于我。我没有睡。风声……我醒过来，又滑回睡眠，似乎还是没有睡着。有一种巨大声响和可怕喧嚣在我对自己的知解之外。我小心翼翼地享受入睡的可能性。我事实上在入睡，只是不知道我在那样做。在一切我们判定为噪音的东西之外，总还有另外一种声音预告一切声音的终结。当我勉强听到自己胃和心脏的声音时，黑暗在呼啸。

运动是沉睡的形式

如果我别无所长,我起码还有自由感觉中无穷无尽的新奇。

今天,走在阿尔玛达大街上,我突然注意到前面一个行人的背影:一个普通人的普通背影,这位偶然过路者身着朴素夹克衫,左手提一个陈旧的手提箱,右手里的雨伞尖,随着他的步子在人行道上一顿一顿。

我突然对此人若有所感,恻然心动。我的恻然事关人类的普遍性,事关一个正在上班途中一家之长的庸常日子,事关他幸福而驯良的家庭,事关他毫无疑义地靠悲哀和愉悦来成就的生活,事关某种无思无虑生活状态的单纯，事关那一个衣冠背影的动物性自然。

我再一次打量那个人的背影，那个呈现我如上思绪的窗口。

当你看到某个人在眼前沉睡，极其相同的感觉也会油然而生。人们睡着了，便成为孩子，也许这是因为沉睡者无法作恶，甚至无法感知自己的存在。依靠自然的魔法，最邪恶、最顽固的自大狂，也可以在睡眠中露出圣洁之容。杀死一个孩子，与杀死一个熟睡中的人，在我看来没有任何可以体察到的差别。

这是一个人沉睡了的背影。与我同步并且走在前面的这个人，身体的每一部分都在沉睡。他无意识地移动。他无意识地活着。他像我们所有的人一样沉睡不醒。生活的一切不过是一个梦，没有人知道自己的所为，没有人知道自己的所愿，没有人知道自己的所知。作为命运永远的孩子，我们把自己的生活都睡掉了。就因为这样，当我带着这种感觉进入思考，我对一切人，对一切事，对一切处于幼儿期的人类，对生活如梦游般的人们，体验到一片巨大无边的恻隐。

就在此刻，一种无法确定结论而且远虑阙如的纯粹博爱主义席卷而来,使我困于恻隐,如同以上帝之眼俯瞰众生。以一种仅仅对于意识性活物的同情,我关注每一个人。可怜的人,可怜的人类。这里正在进行的一切到底是什么?

从我们肺部一次简单的呼吸,到城市的建立,到帝国疆域的确定,我把生活中的一切运动、一切能动之力都视为沉睡的一种形式,视为一些梦,或者是一些不期而至的周期性短暂停歇,介乎现实和下一种现实之间,介乎绝对意义中的一个日子和下一个日子之间。我像抽象的母性角色,夜里俯身查巡所有好孩子和坏孩子的床,对我这些沉睡中的孩子一视同仁。在我对他们的恻隐里,有一种对无限存在性的宽厚。

我的目光匆匆从前面那个背影移开,转向其他的人,那些大街上的行人。这些我匆匆尾随的背影,同样属于一些无意识的存在,同样在我的意识里激起荒诞而寒冷的恻隐。上班路上闲谈的工厂姑娘们,上班途中大笑的青年职员们,采买归来的负重女仆们,跑开了当天第一趟差事的小伙子们——所有这些人都像他:不过是一些玩偶,被一个隐形者手中的拉线所操纵,不过是披挂不同面孔和不同肢体的一种无意识存在。他们取得了意识的所有外表，但那不是意识性存在物的意识，因此不是意识。无论他们聪明还是愚蠢，事实上他们同样愚蠢。无论他们年轻还是衰老，他们事实上都有同样的老龄。无论他们是男人还是女人，他们事实上都没有性别可言。

偷　窥

很有些日子了,我遇见的每一个人,特别是在某一个老地方我天天不得不与之混在一起的人,取得了象征的意义,无论他们与我疏远还是交往,他们都会一起来构成隐秘的或预言式的书写,构成我生活虚幻的描摹。办公室成了一片纸页,人们是纸上的词语。街道是一本书,相识者之间的寒暄,陌生者之间的遭遇,都是一些从不出现在字典上的言说,然而我的理解勉强可以将其破译。

他们说话,他们交际,但这既不是他们自己在说话,也不是他们自己在交际,如同我说的,他们是一些没有直接泄露出任何意思的词语,更确切地说,是让词义通过他们来泄露。然而,以一种贫乏而模糊的视力,我仅仅能够大致看清他们是什么。那些窗户玻璃突然遮盖事物,对于他们同时守护和泄露的内在之物,显现起来将有所选择。

我像一个听别人在谈论着色彩的盲人,在知觉之外来理解这一切。

有时候,走在大街上,我听到一些私下里谈话的片断,他们差不多总是关于另一个女人,另一个男人,某个第三者的儿子,或者别的什么人的情人〔……〕

单凭听到这些人类话语的只鳞片爪,即便它们是高智能生命体所为,我也会被一种徒生厌恶的乏味,被一种在假象中放逐的恐怖,气昏自己的脑袋,而且会突然意识到,自己是如何被别人狠狠地擦伤。我被地主和其他佃户咒骂。因为我也是众多佃户中的一个,竟可恶地透过仓库的后窗,偷看了一下别人在雨中堆积于内院的垃圾,而那就是我的生活。

苍　蝇

自上一次写下什么以来,几个月过去了。我的理解力处于休眠状态,而我活得像一个别的什么人。我经常有一种代理他人快乐的感觉,我并不存在。我一直是别的什么人,不动脑子地生活。

今天,我突然回到曾经的我,或者自己梦想中的我。在顺利完成一些无意义的任务之后,极大的疲惫感刹那间袭来。我用双手撑着脑袋休息,臂肘落在斜面的高高写字台上。然后,我闭上双眼,再次找到了自己。

在假寐的深远之处,我记起自己经历过的一切。清晰的景观历历在目,老农场的一道长墙在我面前突然升起，在这个场景之中，我接着看见了打谷场。

我对生活的无聊有一种迅速的敏感。观看，感觉，记忆，忘却，都是一回事，全都混合成我臂肘上轻轻的痛感。楼下大街上传来的私语碎片，还有寻常公务的微弱动静，在静静的办公室里继续。

我把双手重新置于写字台放松的时候，朝周围扫了一眼，那眼光必定有一种对死气沉沉世界的可怕疲惫。我目光所击的第一件东西，是栖于墨水瓶上的一只绿头大苍蝇（除了其他办公室传来的喧闹，这就是含混嗡嗡声的来处吧）。这个无名之物，处处戒备，在我看来必定来自地狱，鲜光闪闪的绿色和低哑的声调特别令人反感，却也并不丑陋。它是一个生命！

也许有一种超级力量，握有真理的上帝，与魔鬼并存于我们错乱的幻影。对于它们来说，我们不过也是一只鲜光闪亮的苍蝇，在它们的凝视之下停息片刻而已。

这是一次无所事事的观察？一种陈腐不堪的评说，还是信口开河的哲学？也许，我从来没有思考过它这一点：我只是有所感觉。这种感觉直接出自我自己的肉体，还有我完全恐怖的神经［……］于是，我做出了这一个可笑的比较。当我把自己比作一只苍蝇的时候，我就是一只苍蝇。当我想象自己感觉如此的时候，我就感觉自己是一只苍蝇。而我感觉自己有一只苍蝇的灵魂，被一只苍蝇的身体包裹，像一只苍蝇那样去睡觉。最可怕的是：就在这同一时刻，我是我自己。我极不情愿地看看天花板，以查证那里并没有超凡的存在，也不会有一柄权杖来将我一举拍扁，就像我能够把那只苍蝇拍扁。谢天谢地，我重新观望四周的时候，苍蝇似乎无声无息地已经不见了。不以人的意愿为转移，办公室里所有的哲学再一次消失无踪。

不视而见

有一次，闷热已经过去，第一阵闪光的雨滴沉沉地落下来，足以使雨声清晰入耳。空气中有一种此前闷热时所没有的寂静，有一种新的平宁，接纳雨水搅起的一阵微风。这是一场让人开心而喜悦的细雨，没有风暴和黑压压的天空，那些出门人甚至不用雨伞和雨衣，事实上，他们急匆匆走到亮闪闪的街道上的时候，闲谈的时候，几乎每个人都在笑。

在这闲暇一刻，我走到办公室打开的窗子面前——因为闷热它一直打开而且一直开到雨来之时——我以目光中认真和漫不经心的惯常混合，看户外的景观，清楚地看见一个我注目之前就已经描绘过的场景。千真万确，街上走着两个外观上看来高高兴兴的普通人，在一场喜雨之中说说笑笑，没有什么匆忙，准确地说，他们穿越雨天中一片洁净清澈，在活泼地散步。

不管怎么样，一阵惊讶就在眼前：一个贫寒可怜但并非残疾的老人，突然在通过细雨之时发起了脾气。此人显然没有什么要紧的事，充其量是具有一种易于发作的不耐烦。我紧紧地打量他，不是用通常打量事物时那种涣散的目光，而是用破译象征之物时才派上用场的分析性眼神。他并不象征任何人，那正是他行色匆匆的原因。他象征那些从无具体角色的人，那正是他受害的根源。他不属于那样一种人，对下雨这件事居然有反常的欢喜并且微笑。他关注雨的本身——一个无意识的存在，如此的无意识以致他能够有现实感。

但这不是我要说的。一种神秘的走神，一种心灵的紧张，使我无法继续让自己沉入对那个路人（由于我不再看他，事实上他很快就会消失于视野）的观察，也无法继续把一次次观察悄然相接。走神之余，我倾听着，但根本没听到邮差们的声音，没听到办公室的那一头货库的动静处传入自己的双耳；我观看着，从靠近窗子的桌子边可以看到院子，但无法在嘻嘻笑声和剪子的咯吱声中，看见开包的一对伙计，用牛皮纸包装着什么，并且嚓嚓两下用两个结头拴紧箱子。

一个人只能看见他已经看见过的东西。

另一种生活

一些深藏的恐惧，是如此细微和四处弥漫，很难被我们把握，无论它是属于我们心灵还是肉体，无论它是一些不适，来自一种对无益生命的沉思，或者更像是我们某些内在折损所引起的小毛病——在胃里，肺里，或者脑子里。有关自己的一般意识，是如此经常地让我感到模糊不清，似是自己滞积的某个部位，暗中沉淀的东西搅成一团。存在是如此经常地伤害我，简要地说，我感到一种如此不明不白的恶心。我不能辨别这仅仅是一种乏味，还是一种我真正病了的迹象！

今天，我心中的黯然已渗入骨髓。一切事情都同我过不去——记忆，眼睛，手臂。就像是我生命的每一个部分都患有风湿病。白天里清澈的光明，蓝天上辽阔的纯净，散乱光斑如常的潮涌，这些东西没有一样可以打动我的生命。我不为轻轻的秋风所动，那秋风一直挽留夏日的残痕，把色彩借给天空。对于我来说，没有任何事情有任何意义。我悲哀，但是没有一种有限的悲哀，甚至也没有一种无限的悲哀。我的悲哀超出这一切，遍布在大街上的垃圾箱里。

这些词语并没有准确表达我的感受，毫无疑问，没有任何东西可以准确表达人们的所感。但是，我试用某些方式，用一些观念来表达我的感觉，表达我不同方面的一种混合，还有我下面的街道——因为我看到它，它也就属于我，是我的一部分，正在以一种亲近的方式对抗我的分析。

我愿意在远远的土地上过一种不同的生活。我愿意在我不知道的旗帜下成为另一个死者。我愿意在另一个时代称王（一个更好的时代，纯粹是因为它不是今天），那个时代在我的面前熠熠闪光，色彩缤纷于不可知的斯芬克司谜阵之中。我想要任何能使自己变成似乎可笑之人的东西，只因为这东西能使我变得可笑。我想要，我想要……但太阳发光的时候总是会有太阳，夜晚降临的时候总是会有夜晚。恐惧折磨我们的时候总是会有恐惧，梦想抚育我们的时候总是会有梦想。某些东西，有的时候总是会有的，从不会因为它更好一些或者更糟一些就会有，如果说它会有的话，只因为它是另外的他者。

总是会有的……

清洁工正在下面工作，清扫街道和垃圾箱。他们笑着说着，把垃圾箱一个个弄上卡车。我从高高的办公室窗子里以低垂眼皮下懒懒的目光看着他们。一些细微而不可理喻的东西，将我的感受与我眼中正在堆积的垃圾箱联系起来，某种不可知解的感觉，将我的单调、苦恼、恶心以及其他什么统统送入了一个垃圾箱。一个人在大声的玩笑中，把它扛在肩头，置于一辆远处的拖车上。白天的阳光朗朗如常，斜斜地洒落在狭窄街面，洒落在他们搬起垃圾箱的地方，只是没有洒及阴影中的垃圾箱本身。

在那里的街角，唯有一些当差的小伙计们正无所事事地忙碌。

第二时间

荒凉的房子深处，有早晨四点钟时钟缓缓敲落的钟声。说这所房子荒凉，是因为人们都睡了。我还没有睡，也不打算睡。没有什么东西搅得我迟迟不眠，也没有什么东西压住我的身体妨碍休息。我陌生的身体躺在乏味的静谧之中，床头月光朦胧，街灯更显寂寞。我累得不能思考，累得甚至无法感觉。

我四周是玄秘而裸露的宇宙，其内容空空如也，唯与长夜相峙。我在疲倦和无眠之间分裂，达到了我对神秘事物的形而上知识给予生理接触的片刻。有时候，我的心灵柔弱，于是每一天生活里的纷乱细节便漂流到意识的表面，使我失眠之余只好抽出一张财务平衡表。在另一些时候，我在半睡中醒来，死气沉沉地呆着，依稀幻象以其偶有的诗意色彩一幕幕在我漫不经意的大脑里静静闪过。我的眼睛没有合上。我模糊的视阈里透出远远街灯的余辉。街灯一直亮在下面，在大街上被遗弃的地段。

停下来，去睡觉，用一个陌生者那里完全秘藏不露的更好和更多忧伤的事情，来取代这个断断续续的意识！……停下来，去漂流，像河水一样流淌，像沿着海岸线那巨大海洋在夜色中清晰可见的潮起潮落，一个人只有在这种状态里才能真正地睡着！……停下来，成为不可知的外界之物，成为远远大街上树枝的摇动，成为人们可感而不可听到的树叶飘落，成为遥远喷泉的小小水珠，成为夜晚里花园中整个模糊不清的世界，在永无终点的复杂性中失落，在黑暗的自然迷宫里失落！……停下来，一停永逸，但还以另一种形式存活，就像书本翻过去的一页，像松开了辫结的一束散发，像半开窗子朝外打开的一扇，像一条曲径上踏着沙砾的闲散脚步，像一个村庄高高上空倦意绵绵的最后一缕青烟，还有马车夫早晨停在大路边时懒洋洋的挥鞭……让我成为荒诞,混乱,熄灭——除了生命以外的一切。

我在这种不断繁育生长的假设里入睡,有一点勉强,这就是说,其实没有睡觉或者休息,不安的眼皮若起若落,像肮脏海面上静静的泡沫,像下面街灯远逝的微弱之光。

我睡着了,半睡着了。

我身之外,我躺下的这个地方以外,房子的静谧延及无限。我听到时间在飘落,一滴又一滴,但听不到点滴飘落本身。我的心压抑记忆,关于一切的记忆,关于自己的记忆,都被消减至无。我感到自己的头落在枕上,在枕头里压出了一个窝。与枕套的接触,如同梦中的肌肤相亲。落在枕上的耳朵,精确无误地顶压着我的脑袋。我的眼皮疲倦地垂下,睫毛却在松软枕头敏感的白影之中,弄出一种极小的、几乎听不见的声音。我呼气,叹息。我的呼吸刚刚发生,就已经不是我的了。我没有思想和感觉的痛苦。在这所房子里,时钟精确占据了万物的核心位置,敲响了四点半——这响亮而空荡荡的声音。

夜晚太大了，太深了，黑暗而且寒冷！

我打发时光，穿越静谧，就像纷乱无序的世界穿越我。

突然，一个神秘之子，如同夜晚的一个纯真生命，一只雄鸡叫了起来。好了，现在我能睡觉了，因为心中有了早晨。我感到自己的嘴角在笑，头部轻轻地压向养护面庞的交错软枕。我可以把自己抛弃给生活，我可以睡觉，可以忘记自己……在新的睡意黑压压将我冲刷而去的过程里，我记起了啼晓的雄鸡。没准真是这只雄鸡，啼破了我第二生命的另一种时间。

生活就是成为另一个

生活就是成为另一个。如果一个人今天想要感觉他昨天感觉过的事,这种感觉甚至是不可能的。因为那不是感觉,只是今天他对昨日感觉的回忆,是昨日生活消逝之后一具尚存的尸体。

从一天到另一天,是石板上擦去的一切。每一天新的朝霞中都有新的一天,都永远处在感觉重现原生性的状态中——这一点,而且只有这一点,值得实现或者拥有,如果我们总要实现或者拥有一点不够完美的东西的话。

这一片朝霞为世人首次所见。当白炽从来不像这样浮出地平线时，粉红色光辉也从不像这样化入金黄，西边那些玻璃窗，作为众多房屋的眼睛，在渐渐亮起来的世界里进入一片沉静。从来没有这样的一刻，没有这样的光辉，没有我这样存在的生命。明天将要到来的一切，必定与今天迥然有别，我将通过迥然有别的眼睛来观看，一切将充满新的景象。

群山峻岭般的城市！高大的楼房扎根于此，拔地而起，凌空直上，群楼纷乱而至，彼此莫辨地堆积成一片，被若明若暗的光雾搅和成一团——你就是今天，你就是我，因为我看见了你。［……］

如同凭靠一艘船上的栏杆，我爱你，就像两船交会时的相互热爱，有一种它们相互擦肩而过时感到的无法说清的惆怅和依恋。

时光的微笑

我在这个咖啡馆的露台上,战战兢兢地打量生活。我没有看见什么,仅看见喧闹的人们在这明亮的小小一角,专注于各自的事情。像醉酒的开始,一种巨大的乏味暴露出事物的本相。浅显明白而且无人异议的生活,在我身边这些路人的脚步之间流逝。

作为一个耽于理想的人,也许我最伟大的灵感,真的再也无法突破这个咖啡馆里这张桌子边这个椅子的束缚。

一切都彻底空虚,死灰飘零,虚幻不实如黎明前的一刻。

阳光明朗和完美地从万物中浮现，给万物镀亮一种微笑而凄凉的现实。世界的全部神秘雕刻在这种平庸和这条街道里，浮现在我的眼前。

唉，所有日子里的事物是如何神秘地被我随意打发！阳光触抚人类复杂生活的表面，时光，一个犹疑的微笑，隐隐挂在神秘性的嘴角！这些声音是多么现代，往深里说，也是多么古老。它们如此隐秘，与万物闪耀的意义之光是如此的迥然相异。

自 闭

最小的事情都可以如此容易地折磨我，知道了这一点以后，我总是小心翼翼地避免碰到这种情况。一片流云飘过太阳，也足以给我伤害之感，那么我生活中无边无际的满天暗云人何以堪？

我的自闭不是对快乐的寻求，我无心去赢得快乐。我的自闭也不是对平静的寻求，平静的获得仅仅取决于它从来就不会失去。我寻找的是沉睡，是熄灭，是一种微不足道的放弃。

对于我来说，陋室四壁既是监狱，也是遥远的地平线，既是卧榻，也是棺木。我最快乐的时候，是我既不思想也不向往的时候,甚至没有梦的时候,我把自己失落在某种虚有所带来的麻木之中,生活的地表上青苔生长。我品尝自己什么也不是的荒诞感,预尝一种死亡和熄灭的滋味,却没有丝毫苦涩。

我从来没有可以叫做"主宰"的人。没有基督为我而死。没有佛陀为我指出正信之道。在我梦幻的深处,没有太阳神阿波罗或者智慧神雅典娜在我面前出现,照亮我的灵魂。

消逝时光的囚徒

除了生命,一切事物对于我来说都变得不可承受——办公室,居室,街道,甚至它们的对立物(假如这样的对立物存在),都会将我淹没和压迫,只有生活的整体能给我提供宽解。是的,整体的任何部分都足以抚慰我。一道阳光源源不断地照进死气沉沉的办公室,街上的一声叫卖直上我住房的窗口,还有人们的存在,气温和天气的变化,以及世界令人生畏的客观性……

一道阳光突然照入我的心胸,我的意思是,我突然看见了它……它是一束几乎没有色彩的光亮,像一片赤裸的刀刃划破黑暗和地板,使周围一切都有了生气,包括旧钉子，地板条之间的缝隙，还有表格密布不见空白的纸页。

我注意着阳光射入静静办公室带来的难以察觉的影响，足足有好一阵……我是消逝时光的囚徒！只有囚禁者才会有一种观察蚂蚁者的勃勃兴趣，才会对一道移动的阳光如此注意。

文明是关于自然的教育

一只萤火虫忽明忽暗,定时闪烁。一片寂黑之中,乡村四野是一种声音的大寂灭,散发出似乎不错的气味。它的宁静刺伤我,沉沉地压迫我。一种无形的停滞使我窒息。

我很少去乡下,几乎没有在那里待上一天或者过夜。不过,一位提供住房与我的朋友,今天根本不理睬我对其邀请的婉拒,我只得满心疑虑地来了,像一个人不好意思地赶赴盛会。然而,我到达以后感到愉快,享受了清新空气和开阔空间。我的中饭和晚饭也吃得很好。只是现在,当我在深夜里独坐于一个没有亮灯的房间，这一片捉摸不定的地方给我注入不安之感。

我就寝的房间里，窗子正对开阔的乡野，正对漫无边际的乡野，正对浩大的星河灿烂之夜——我可以感到那星云中有静静的微风在骚动。坐在窗前，我用我的感觉来沉思宇宙生活的虚无。时光停驻在一种令人不安的和谐之中，这种和谐统治一切，包括一切事物的似隐非隐，包括木头（褪色泛白的窗沿，我搁置左手的地方），那里的旧油漆起了泡，摸起来有点糙。

多少次，我的眼睛向往这种平宁，但眼下如果不是太难，如果不是有失礼貌，我几乎就要逃走！一旦落入高楼之间那些狭窄的街道里，我又多少次想到，我相信平宁、散淡、恒定能够在这里找到，它们存在于自然的事物中间，而不是另一种地方——在那里，人们一旦用上了文明的餐桌布，就忘记了清漆刷过的松树何在！

此时此地，感受着健康以及累人的健康，我被安逸、拘束以及思家之心困扰着。

我不知道，这种情况仅仅属于我，还是所有的人都彼此无异。在所有人的眼里，文明意味着再生。但是，对于我或者感觉与我相同的人们来说，人造品似乎已经成为自然，以及陌生的自然。不，应该这样说：人造品并没有成为自然，而自然已经完全变质变样。我憎恶汽车，我的快乐里无须汽车和其他科学的产品——电话和电报——它们使生活变得方便；我也不靠这些产品提供乐趣——留声机和收音机——热爱这些东西的人当然可以从中取乐。

我对这些东西毫无兴趣，一无所求。但是我热爱塔格斯河，因为伟大的城市坐落在它的岸边。我欣赏长天，因为我能够从贝克萨区的四楼窗户里看到它。比起从格雷卡或者阿尔康塔雷远望静静月光的波光闪闪，乡村或自然里没有任何一件事物可以与之媲美。对于我来说，阳光下里斯本变幻无穷的色彩，也比任何鲜花更好看。

只有穿上衣装的人，才能发现裸体的美丽。对于声色的节制，其压倒一切的价值就是可以为能量增压。人造品是人们享乐于自然性的一种方式。我之所以在广阔田野里其乐融融，是因为我并不生活在这里。一个人倘若从来未受到过制约，也就不可能有自由的概念。文明是一种关于自然的教育。人造品提供了人们接近自然之道。然而，我们万万不可做的，是不要错把人造品当作自然。人类最高灵魂的本质，就存在于自然与人造品之间的和谐之中。

一　瞥

　　对乡村的一瞥，越过一道郊区的界墙，也许比另一个人整整的一次旅行，还要给我更多强烈的自由之感。我们在此观察事物的驻足之点，构造了一个倒转金字塔的顶端，整个金字塔的基础则无可限量。

耸耸肩[*]

一般来说，对于我们不知道的观念，我们总是用我们相关已知概念来加以染色：如果我们把死亡叫做安息，那是因为死亡形似安息；如果我们把死亡叫做新生，那是因为死亡看起来与此生大不相同。我们从这些对现实的小小误解出发，建立我们的信仰和希望，靠我们叫做蛋糕的面渣而活着，这种叫法可以让穷孩子们得其所乐。

但这是全部生活的情形，至少是一般意义下被认知

---

[*] 原标题如此——译者注

为文明的生活，在某些特定方式中的情形。文明的组成，需要给事物一个不甚合适的名字，然后幻想由此产生的结果。而事实上虚假的名字，和真实的幻想，便共同创造出一个新的现实。事物并不会真正改变，因为那只是我们的制造使然。我们大量制造现实。我们采用我们总是采用的原材料，但在形式方面借用有效的人为之力，以防结果雷同。一张用松木造成的桌子是松树，也是一张桌子。于是，我们坐在桌子旁边而不是坐在松树旁边。爱情是一种性本能，但我们不是拿这种本能来恋爱，而是预设另一种情感的存在，而这种预设便有效地成为另一种情感。

我碰巧坐在咖啡馆里，平静地记录下这些曲曲折折的思考。这些思考来自某些东西的激发，一如我走在大街上的情形。我不知道激发物是什么，一丝微小阳光的突然颤动，一种含混不清的喧嚣，对香气的记忆，或者音乐的一个片断，每一样都可以成为不可知道的外部影响，搅乱我的心弦。

我不知道这些思想正在什么地方形成导引，或者不知道我将在什么地方形成对这些思想的选择性导引。今天的日光迷蒙，潮湿而且温暖，暗淡得还不那么凶，有点奇怪地一成不变。一些我还无法理清的感觉折磨着我。我感到自己似乎已经失去了一些讨论的线索。写下的词语完全不听使唤。意识里暗区四伏。我写着，或者更像是抄写着，这些语句不在于言说什么特定的事情，而在于使自己在恍惚中能够做点什么。对于写下松软笔迹的秃头铅笔，我无心将其削尖。我朝咖啡馆里用来包三明治的白纸（他们向我提供的，因为我没有要别的东西而且别的东西也没有了，于是这张纸至此犹白）慢慢地写着。我感到充实，向后靠了靠。黄昏在一种霉气沉沉和犹疑不定的光线中降临了，沉闷而且无雨……我停止了写作，只因为我停止了写作。

琐　事

生活自然是很琐屑的，正常而卑下的无聊琐事，像一片积尘，在我们人类存在的平庸和下贱之下画出了一条乌七八糟的粗黑体线条。

出纳账摊开在眼前，生命却在梦想整个神奇的东方世界；办公室主管开着无害的玩笑，但冒犯了我的整个宇宙；老板正在听电话，而他的女儿，那位什么什么小姐［……］撞入我沉思的过程。这种沉思纯粹是美学和知识性的，与某种理论的色欲部分毫不相干。

每一个人都会遇到老板及其不合适的玩笑，都会遇到一颗不能被宇宙所打动的心灵。任何人都会有一个老板和一个老板的女儿和一个总是不合时宜的电话——恰恰在黄昏灿烂降临之际。小姐们〔……〕正冒险地说她们情人的坏话,就像我们都知道的,说他们在那最要紧的一刻居然撒尿。

但是,所有的梦想者,即便他们不在贝克萨区的办公室里入梦,即便他们也不用面对纺织公司的一纸平衡表,他们中的每一个也都有一本账在眼前打开——无论它是什么,是他们娶回的女人或是〔……〕一个他们已经继承的未来,无论到什么时候,它都将永远一清二楚。

然后,会有一些朋友,有诸位至爱亲朋。开心的事是与他们闲聊,与他们一起共进午餐,还与他们一起共进晚餐,当然啦,不知怎么回事,他们会如此的污秽,如此的下流,如此的琐屑。他们是这样一种工场,即便你已经走到街上还将你约束;是这样一些账本,即便你已经幸运出国还压在你的头上;是这样一些老板,即便你已经一命呜呼还阴森森地站在你的身后。

我们所有的人,梦想或者思考的我们,都是一个纺织公司的会计和助理会计,或者在其他的贝克萨做着一些其他的什么生意。我们清理着收入和付出,加上数字和跳过数字,我们得到自己从来就兴味索然的得数,还有看不见的平衡。

我写下这些词语的时候面带微笑,但我的心感觉到世界似乎将要破裂,像一件东西破裂,化为碎片,化为粉末,化成丢入垃圾堆的垃圾,被人们扛上肩运到市政管委会的垃圾车上去。

一切都以开放的心胸和崇敬的心情,等待将要到来的帝王。他差不多就要到达了,因为他的浩荡随从扬起尘雾,正在东方缓缓的黎明中形成一片新的迷蒙,远处此起彼伏的矛尖正闪耀霞光。

潜在的宫殿

很多时候，我在账本里持续记录着他人的账目，还有自己缺失了的人生。当我从账本里抬起沉重的头，我感到一种生理上的恶心。这可能是因为我伏案太久，还不是账目数字和清醒所带来的问题。生活像一剂糟糕的药，使我闹出病来。然而，我从巨大无边的澄明幻象中看到，只要我真有力量去做自己愿意做的事情，我可以如此轻易地从沉闷中解脱。

我们通过行动来生活，也就是说通过意志来生活。我们这些人——天才或者乞丐们——不知道如何愿望的人，是一些分享虚弱的弟兄。当我事实上仅仅是一个会计助理的时候,我凭哪一点把自己叫做天才?C·韦尔德(十九世纪葡萄牙诗人,见前注——译者注)在医生面前宣称,自己是"诗人韦尔德",而不是作为商界职员的"韦尔德先生",这个时候的他,只不过是表现出酸腐的虚荣和无效的自夸。可怜的人,他从来就是"韦尔德先生",一个商界职员而不是别的什么。诗人只有在死后才能诞生,因为只有在他死后,他的诗歌才会得到欣赏。

行动,是真正的智慧。我愿意成为我愿意成为的人。但是我必须愿望自己所愿望的东西。成功意味着已经成功,而不仅仅是潜在的成功。任何一大块土地都是宫殿的潜在可能,但是如果还没建起来,宫殿在哪里?

自我折腾

我做了一个在里斯本与卡斯凯什之间旅行的白日梦。我去卡斯凯什那里为老板在那里的一所房子付税。我急切地向往来回各一个小时的旅行,让我有机会看看总是在改变着面容的伟大河流,还有它的大西洋入海口。事实上,一路上我迷失在抽象的思考里,我投出去的目光,并没有看见自己一直如此向往的河上风光。回来的一路上,我又迷失在对这种感受的分析之中。我不能描述旅行中哪怕最小的细节,以及我看见过的最小片断。我的健忘和自我折腾只留下这些纸页,不知道比起自我折腾来说,它们是好一些或者是更糟一些。

　　火车缓缓开进了车站,我已经到达里斯本,还没有任何结论。

楼上的琴声

我第一次来到里斯本的时候,曾听到楼上飘来一个人在钢琴上弹奏音阶的声音,是一个我没有见到过的小姑娘在作单调的钢琴练习。今天,通过一个我不能明了的内化过程,我居然发现,如果我走进心灵最深处,这些重复的音阶仍然清晰可闻。弹奏者曾经是一个小姑娘,而现在叫做什么小姐,或者已经死了,在茂盛生长着森森柏树的白色墓地里长眠。

当时,我是一个孩子,现在我不是。在我的记忆里,虽然现在的声音与当时现实中的声音一模一样,当它从幽潜之处升高的时候,仍然长期呈现为同样缓缓的音阶，还有同样单调的韵律。不论我是感觉它还是思考它的时候，我都难免一种复杂而痛苦的悲伤。

我不会为自己失去童年而哭泣。但我为一切事情哭泣，因为它们与我的童年有关，因为它们将要失去。用楼上偶尔重现的音阶重复来使我头痛的东西，是如此惊人的遥远和莫名的钢琴之声，它是时间玄秘地飞逝——它不是那种具体而且直接影响于我的飞逝，是虚无的全部神秘性事实，是音锤一次又一次敲打之际消失的音符。这种音符不是什么音乐，倒不如说是怀旧和向往的一种混合，潜藏在我记忆荒谬的深处。

它在我从来没有见过的客厅里缓缓升起，我甚至到今天也不知道的孩子，手指错落地弹奏同样已经消失了的重复音阶。我张望，我看见，我在眼中重构情景。一幕楼上公寓的家庭生活图景，充满一种它当年缺乏的激情，从我困惑的冥想中浮现。

我猜想，虽然我仅仅是这一切的一个载体，虽然我感受到的向往既不真正属于我，也未见得真有什么玄秘，但作为一段截取来的情感，它属于不可知的第三者。对于我来说，这些情感是文学性的，就像维埃拉

（十七世纪葡萄牙伟大的语言家和古典散文作家之一——译者注）说的，是文学性的。我的伤害和痛苦，来自自己想象的感受，它们仅仅存在于我的想象中，还有我对于他者思想或情感性的怀旧之中。这种怀旧留给我眼中的泪水。

伴随一种生成于世界深处的坚定，伴随一种苦苦研究的形而上坚守，那个人练习钢琴音阶的声音一直上下回响于我记忆，以致入骨。它唤出了他人通过的古代街道，与今天的街道大同小异。它们是死者穿透不存在的透明之墙向我说话。它们让我对于做过或没有做过的一切懊悔不已，是深夜里奔涌的激流，是静静房子里楼下的喧嚣。

在我的脑子里，我感受到一片尖啸。我想停止什么，想打碎什么，想中断双重无形的折磨，中断这不可能录下来的弹奏，在我脑子里同时又是在他人房子里的弹奏。我想命令自己的灵魂中止，逃出我的躯壳，离开我的身体飘然独行——听着这种音乐我会渐渐疯狂。但到最后我重归故我，带着我极其敏感的思绪，带着我薄纸般皮肤下明晰可见的满布神经，还有记忆中的音阶，弹奏在这一台内化的、可恶的钢琴上。

就像我大脑里某个部分已经不听指挥,音阶一直在弹奏,从下面向我飘来,从上面向我飘来,从我在里斯本的第一所房子里向我飘来。

活着使我迷醉

梦境纷纷的时候，总是我走到大街上去的时候。眼睛张开，却仍然安然无恙地被梦境包藏。我很得意，有那么多人无法察觉我无魂的自动。我走过每天的生活，仍然可以握住星空中我太太的手。我走在街上的脚步，也可以与我梦中想象的种种模糊设计协调一致。我还能在街上横冲直撞：不会跌跤。我应该有所反应的时候决不会误事。我存在着。

我常常不必观察自己下一步的去处，以避开汽车和行人。在这样的时候，我不必向任何人问话，也不必拐入近处的门道，我让自己更像一只纸船，漂流在梦想的海洋上。我重访死去的幻象，让这些幻象温暖我关于早晨的朦胧感觉，以及在卡车声中卷入生活的感觉——这些卡车把菜送到市场上去。

在这里，在生活中，梦想成为一个巨大的电影银幕。我走入贝克萨区的一条梦境之街，走入其中梦幻化的现实，我的双眼被温柔地蒙上一道虚假记忆的白眼罩。我成为一位航海者，穿越无法知解的我。我占领了自己甚至从来没有造访过的地方。像一抹清新的微风，我在这种催眠的状态中走着，引颈向前，大踏步跨越，走在不可能的存在之上。

我们中的每一个人都迷醉于各别不同的事。有一件事足以迷醉我，那就是活着。我豪饮自己流动的感受，但决不会醉酒迷路。如果眼下到了回去干活的时间，走向办公室的我恰如他人。如果眼下没有这回事，我就走到河边去看水流，再一次恰如他人。我不折不扣与他们雷同。但在这个雷同的后面，我偷偷把星星散布于自己个人的天空，在那里创造我的无限。

模拟自己

我总是生活在当前。我对于未来一无所知,也不再有一个过去。未来以千万种可能性压迫着我,过去以虚无的现实压迫着我。我既没有对未来的希望,也没有对过去的向往。

直到现在,生活与我愿望中它应有的方式如此经常地相反;而我对它的所知,一直是我对于生活能够做出的假定。莫非将来它既不是我假定所在,也不是我的愿望所在,纯粹是外部世界让我碰巧遭遇上的什么,甚至与我的意愿相违?重复过去的生活只能是一种徒劳的愿望。我从来只不过是一个自己的残迹,自己的模拟。我过去的一切都并非我有心为之，甚至与过去某一刻情感相连的怀旧感也不是。一个人的感受都是瞬间的，一旦过去成为翻过去的一页，故事还在继续，但已经不是在这本书上。

城区树木简洁的暗影，水落碧潭的轻声，整齐草坪的翠绿——暮色中一个公共花园——在这一刻你对于我来说是整个宇宙，因为你给我的意识全部注入情感。我对生活的要求，莫过于得到一种感受，感到生活正在潮水般退到那些不可预见的黄昏中去，到其他孩子们在幽暗街心花园中玩耍的声音中去。在头上，绿树高高的枝叶被古老的天空笼罩，天空中的星星刚刚开始重现。

他身之感

　　独自思考使我自己同时成为回声和深渊。借助对内心的深入，我分身无数。最小的插曲——光线的一点变化，一片枯叶的飘摇下落，从鲜花上剥落下来的花瓣，墙那边的声音或者说话者的脚步，与这些我假定自己在倾听的一切在一起的，还有老农场半开的大门，一条走廊与月光下拥挤房舍相通的内院——所有这一切，没有一样属于我，却受制于某种强烈愿望的死结，捆住了我敏感的思想。在这些各自的瞬间，我是他人。我在每一个界定失误的印象里痛苦地更新自己。

　　我依靠不属于自己的这些印象而活着，挥霍身份的放弃，身为自己的时候反而总有他身之感。

舞　台

我创造了自己各种不同的性格。我持续地创造它们。每一个梦想，一旦形成就立即被另一个来代替我做梦的人来体现。

为了创造，我毁灭了自己。我将内心生活外化得这样多，以致在内心中，现在我也只能外化地存在。我是生活的舞台，有各种各样的演员登台而过，演出不同的剧目。

秋 天

空茫黄昏里，飘在辽阔天空中的一抹轻柔云彩，还有晚夏初秋时节一阵寒风苏醒，都宣布了秋天的来临。树木还没有脱落它们的绿色或叶子，还没有依稀愁绪，伴随我们任何有关外部世界的衰亡之感——这纯粹是因为，它反映我们自己将来的衰亡。就像残留的能量逐渐衰竭，某一类蛰伏之物还在尝试最后的蠢蠢欲动。呵，这些黄昏充满如此痛苦的冷漠，秋天不是在世界里，是在我们内心中开始。

每一个秋天都让我们更接近我们最后的一个秋天，这一说也可用于刚刚过去的春天或夏天，但秋天最能自然地提醒我们意识到一切事物的结束,提醒我们意识到美好季节里如此容易忘却的事情。这还不是真正的秋天,空中还不见落叶的黄色,或天气的潮湿暗淡,而这种景象最终要留给冬天。但是,有一种愁思遥遥在望,一些类似哀伤的东西,在人们的感觉神经里整装上路,不论它多么模糊不清,人们感受到世间混杂的色彩,风中异样的音调,夜晚降临之时一片古老的宁静,夜晚缓缓潜入天地时无可回避的当下。

是的,我们都会逝去,万事万物都会逝去。没有任何东西可以让一个穿戴手套的人,感受并且谈论死亡或地方政治的人留下来。同样的光辉落在圣人的脸上,还有过客的绑腿带上。同样的光辉熄灭都留下黑暗,留下来所有事实的彻底虚无,不论对于圣徒,还是对于绑腿套的穿着者,都是一样。在巨大的旋涡中,整个世界被动地卷入其中,如同枯叶的旋绕,女裁缝的活计与整个王国在价值上并无差异;给孩子们精心打扮,就如同给象征化了的国王授予王权。一切都没有意义,在隐形的门廊里,每一扇打开的门都暴露出后面另一扇紧闭的门,每一件单一的事情无论大小,都为我们而构成,都是我们内心理解结构中的宇宙，任何东西都在风的束缚之下舞蹈，而风搅动一切但从无着落。它什么也不是，只是轻浮影子搅和尘土，甚至没有人声，只有狂风横扫的呼啸。除了风平气定之时，这里甚至没有宁静。有些人卷入其中，像通过门廊的落叶，因为自身轻浮根基已失，甩在重物积沉圈的外围。另一些人只有近看才能略加区分，像尘土一样在旋涡中构成了几乎看不见的积层。还有另一些人是小小的树干，被拖入了旋涡，然后弃于楼板的不同角落。某一天，当所有的知解终结，后面的门将要打开。作为这一切的我们——无非是灵魂的零星瓦砾而已——将被清扫出房子，以便新一轮积沉可以开始。

我头痛得厉害，好像已经不是我的。我的大脑力图把自己感受到的一切哄入睡眠。是的，秋天已经开始，以其同样冷峻的光芒触动天空和我的心灵，给日落时分朵朵云彩的模糊轮廓镶上金边。是的，这是秋天的开始。这平静的一刻，也是对万事万物一种莫名而残缺的清晰理解正在开始。秋天，是的，秋天似乎总是这样：是各种行动中一种疲乏的预期，是各种梦境里一种幻灭的预期，我还能有什么可能的希望？在我的思考里，我已经走在门廊的落叶和尘土之中，无知无觉的眼眶里空无一物，我的脚步成了仅有的人类之声，留在整洁的站台上，那一个有角的星星——我不知道它从何而来——终于静静地熄灭。

秋天将带走一切，带走我一直思考或梦想的一切，带走我做过或没有做过的一切，带走随意弃之楼面的废旧火柴，散落的包装纸片，还有伟大的帝王，所有的宗教和哲学，即这些在地狱里孩子们昏昏欲睡时玩的把戏。秋天将带走一切，所有的一切，就是说，将把我的灵魂从最崇高的志向带到我居住的普通房子，从我一度崇敬的上帝那里带到我的老板 V 先生面前。秋天将带走一切，用它温和的漠然横扫一切。秋天将带走一切。

月光的颜色

窗外,缓缓长夜里的缓缓月光。风吹影动之时,如有影自移。也许那没有什么,不过是楼上一件晾着的衣服,但天知道凌乱影子是不是衬衣,漂浮的一切无从辨别,只是无声地随周围之物而动。我让窗帘开着,所以能醒得早一点,然而,直到眼下(现在已经不早了,却听不到一点动静),我既没法睡觉,也没让自己完全醒过来。在我的房间里,暗影之外是满地的月光,但不像是从窗口进来的,倒像是早就在那里,像一片银色空明的白昼。我从床上可以看见对面楼房的屋顶,正处在液状的墨灰色中。月亮的刺眼光芒中包含了一种悲凉的平静,一种类似于诉说感激之词的东西从天而降,而人们无法耳闻。

现在,我闭上双目养神,既不看,也不想。我考虑用什么样的词语来描绘月光。古人说月光是白色的或银色的,但月光的虚假白色之中其实有很多色彩。如果我起床,透过冷冷的玻璃窗来观看的话,我想那高远而寂寞的空中,有大概是灰白色的、其中还有黄色渐褪之中的一点幽蓝。在各种各样的屋顶之上,不同层次的黑色相交相叠,这些恭顺的建筑在月光之下闪烁暗白色的光亮,栗红色的屋脊上涌流透明的色泽。再往下看,在静静街道的夹缝里,光溜溜鹅卵石的各种不规则圆形,呈现出仅有的蓝色,这些弥散的蓝色也许来自那些灰色石头自己。至于远远的地平线那边,差不多只有暗蓝,但这种颜色与天空深处的黑蓝大不一样,一旦触及窗户玻璃,便会有暗黄浮现。

从这里,从我的床上,如果我打开睡意惺忪的眼睛,打开自己尚未深睡的眼睛,天空中就像一片冰雪之色,其中涌现出珍珠母暖色的流丝。如果我用自己的感受来思考月光,事情就变得有些单调,不过是白色的光影渐渐暗淡,就像我的眼睛缓缓闭上之时,白光模糊直至消失。

停　滞

我经历极其停滞的阶段。在这里,我并不是说我像大多数人那样,花费上一天又一天的时间写明信片,去回应什么人写给我的快函。我也不是说我像其他一些人那样,可以轻易地无限期推迟一些可被证明有用于我的事情,或者是可以给予我快乐的事情。我对自己的误解比这些要小得多。我是灵魂停滞了。我受害于一种意志的悬置,与此同时,感情和思想却天天在持续。我只能向别人表达自己,然后以语言,以行动,以习惯,在勃勃繁育的灵魂生活里,通过他们向自己作自我表达。

在这些影子般的时间里,我不能思想、感受或者愿望。我设法写下来的东西，只有数字或者仅仅是笔的停顿。我一无所感，甚至我所爱之人的死亡，似乎也会远远离我而去，成为一件用外语发生的事件。我也一无所为，就像我在睡觉，我的语言、姿势以及举动，仅仅是一种表面的呼吸，是一些器官按部就班的本能。

于是日子和日子过去了，这些加起来的日子是我的多少生命，我说不清楚。我最终把停滞当成一件衣装脱下的时候，我想我不会像自己的想象中那样赤裸地站着，一些无形的外衣将会一直包装着我，遮掩我真正灵魂的永远缺席。我突然想到这一切，我的思想、感受以及愿望，也许是一种停滞的形式，是我更为个性化的思维方式和自己更为熟悉的感觉，是一个意志的失落之处——在那个迷宫里，我才真正成为自己。

无论这是不是真理，我都会听其自然。无论上帝和女神是否存在，我都会交出实在的我，听从任何一个送达而来的命运，听从任何一个提供与我的机会，对已经食言于我的许诺无限忠诚。

我是恺撒

我们把生活想象成什么样,它就是什么样。对于一块园子的农民来说,园子就是他的一切,是他的帝国。恺撒有庞大帝国,仍嫌帝国狭窄,帝国就只是他的园子。小人物有一个帝国。大人物只有一个园子。除了我们的感觉以外,我们一无所有,这是他们的真实,却不能被他们领悟,而我们必须立足于自己生活的现实。

但所有这些都是虚无。

我做了很多梦,现在已经把梦做累了。但我并不厌倦梦。没有人厌倦梦,因为梦就是忘却,而忘却不会成为我们的负担,只是我们完全保持清醒时无梦的沉睡。

我在梦里得到了一切。我已经醒了,那又有什么关系?我已经当过了多少次恺撒呵!这是何等精神意义上的光荣!当恺撒在一个海盗的宽宏大量下死里逃生以后,他长久和艰难地寻找这个人,逮捕他并且下令把他钉死在十字架上。当拿破仑在圣·海伦娜岛上定下最后的意愿和遗嘱,他将一大笔遗产,留给一个曾经试图行刺威灵顿(滑铁卢之战的胜利者——译者注)的罪犯。如此灵魂的伟大,却与他们患斜视症的邻居差不多同日而语!……我已经不计其数地当过恺撒并且在梦里继续当下去!

不管我多少次当上了恺撒,还没有喜欢上真正的恺撒。我的真正帝国是我的梦,只因为它们最后都会烟消云散。我的军队征战南北但无关紧要,不会有人死去。也没有城头的王旗变幻。我从来没有让梦里军队的所到之处,有旗帜飘入我梦中凝定的视野。在道拉多雷斯大街上我不计数地成为恺撒。作为恺撒的我,至今生活在我的想象里,而真正的恺撒们统统早就死了,在现在的道拉多雷斯大街已无迹可循。

我把一个空空的火柴盒,丢入我高高窗户外的街头垃圾堆，然后坐在椅子里倾听。落下去的火柴盒送回了清晰的回声，让我知道大街的荒芜，这一事实似乎显示着某种意义。没有声音可以从整个城市的声音里分离出来。是的，整个星期天城市的声音——这么多无法破译各行其是的声音。

一个人需要的现实世界，作为最为深邃思想的起点，是何等的小：吃中饭晚了一点点，用完了火柴然后把空火柴盒抛向街头，因为中饭吃得太晚以致稍感不适，除了可怜落日的许诺以外空中什么也没有的星期天，还有我既不属于这个世界也不属于其他如此形而上问题的生命。

但是，我当了多少次恺撒！

下　坠

　　踏着我梦想和疲惫的脚步,从你的虚幻中下坠,下坠,而且成为我在这个世界中的替身。

旅行者本身就是旅行

你要旅行么?要旅行的话,你只需要存在就行。在我身体的列车里,在我的命运旅行途中如同一站接一站的一日复一日里,我探出头去,看见了街道和广场,看见了姿势和面容,它们总是相同,一如它们总是相异。说到底,命运是穿越所有景观的通道。

如果我想什么,我就能看见它。如果我旅行的话,我会看得到更多的什么吗?只有想象的极端贫弱,才能为意在感受的旅行提供辩解。

"通向 N 市的任何一条道路,都会把你引向世界的终点。"(十九世纪苏格兰哲学家托马斯·卡莱尔语——译者注）但是，一旦你把世界完全看了个透，世界的终点就与你出发时的N市没有什么两样。事实上，世界的终点以及世界的起点，只不过是我们有关世界的概念。仅仅是在我们的内心里，景观才成其为景观。这就是为什么说我想象它们，我就是在创造它们。如果我创造它们，它们就存在。如果它们存在，那么我看见它们就像我看见别的景观。所以干嘛要旅行呢？在马德里，在柏林，在波斯，在中国，在南极和北极，我在什么地方可以有异于内在的我？可以感受到我特别不同的感受？

　　生活全看我们是如何把它造就。旅行者本身就是旅行。我们看到的，并不是我们所看到的，而是我们自己。

孩子的智慧

在我所见过的人当中，真正以心灵旅行的人，是一个办公室的小伙计，在我曾经一度供职的一家公司打过工。这个小家伙曾经收集有关各个城市、各个国家以及诸多旅游公司的小册子，有一些地图，其中一部分是从报纸上撕下来的，另一部分是从这里或者那里讨来的。他剪下风景图片、外国服装的木刻，还有各种期刊杂志上小艇和大船的油画。他代表一些真实和虚假的公司访问一些旅游代理机构，其中真实的一家，就是雇他打工的公司。他代表这些公司索要关于意大利或者印度的小册子，这些小册子提供在葡萄牙与澳大利亚之间航行的诸多细节。

他不仅是我所见到的最伟大的旅行者（因为他是最为真实的旅行家），还是我有幸遇到的最快乐人士之一。我很抱歉，不知道是什么东西造就了他的纯真，但我不是真正地抱歉，只是感到自己将有抱歉的可能。我不会真正地抱歉，全因为在今天，自从我结识他的短暂时期以后，十年或更长的时间以后，他肯定已经长大成熟，老成持重，办事牢靠，恪尽职守，可能结了婚，是什么人养家糊口的靠山——换一句话来说，已经成了半死者之一。现在，完全知道怎么在心灵里旅行的他，甚至能用身体来旅行了。

一种记忆突然向我袭来：他曾经准确地知道哪一趟列车必须赶上从巴黎至布加勒斯特的列车，哪一趟列车要穿越英格兰。在他对一些陌生地名的歪曲发音里，闪现出他伟大心灵的光辉品质。现在，他可能活得像一个半死者，但也许有一天，当他垂垂老矣，他会回忆起对布加勒斯特的梦想，相对于真正到达布加勒斯特来说，不仅仅是更好，而且更为真实。

进一步说，也许这一切另有一种解释，也许他当时只不过是模仿别人而已。或者，也许……是的，有时候，当我考究孩子的智慧与成人的愚笨之间的巨大鸿沟，我以为我们像孩子一样，必定有一个守护神。这位守护神将自己的神明借给我们，然后，也许不无哀伤地顺从一种更高的法律，到时候把我们抛弃，这也是雌性动物抛弃它们成年后代的方式。于是，成为肥胖猪猡就成了我们的命运。

我游历第八大洲

有一种关于知识的学问,我们通常定义为"学问"。也有一种关于理解的学问,我们称其为"文化"。但是,还有一种关于感觉的学问。

这种学问与人的生活经验没有什么关系。生活经验就像历史,不能给我们什么教益。真正的体验包含两方面:弱化一个人与现实的联系,同时又强化一个人对这种联系的分析。以这种方式,无论我们内心中发生了什么,人的感觉可以变得深入和广阔,足以使我们把这些事情找出来,并且知道如何去找。

什么是旅行?旅行有何用处?一个落日,同另一个落日太像了，你无须到康士坦丁堡去刻意地看一下某个落日。而旅行会给我们带来什么样的自由感？我可以享乐于一次仅仅是从里斯本到本弗卡的旅行，比起某一个人从里斯本到中国的旅行来说，我的自由感可以更加强烈。因为在我看来，如果自由感不备于我的话，那么它就无处可寻。"任何一条道路，"卡莱尔说，"通向 N 市的任何一条道路，都可以把你引向世界的终点。"但是，通向 N 市的道路，如果随后顺利到达了世界的终点，同样会引导我们径直返回 N 市。这就意味着，作为我们起点的 N 市，一开始也是我们起程以求的"世界终点"。

孔狄亚克（十八世纪法国哲学家——译者注）在一本著名作品中，一开始就说："无论我们爬得多高，也无论我们跌得多深，我们都无法逃出自己的感觉。"我们从来不能从自己体内抽身而去。我们从来不能成为另外的人，除非运用我们对自己的想象性感觉，我们才能他变。真正的景观是我们自己创造的，因为我们是它们的上帝。它们在我们眼里实际的样子，恰恰就是它们被造就的样子。我对世界七大洲的任何地方既没有兴趣，也没有真正去看过。我游历我自己的第八大洲。

有些人航游了每一个大洋，但很少航游他自己的单调。我的航程比所有人的都要遥远。我见过的高山多于地球上所有存在的高山。我走过的城市多于已经建起来的城市。我渡过的大河在一个不可能的世界里奔流不息，在我沉思的凝视下确凿无疑地奔流。如果旅行的话，我只能找到一个模糊不清的复制品，它复制我无须旅行就已经看见了的东西。

其他旅行者访问一些国家时，所作所为就像无名的流浪者。而在我访问过的国家里，我不仅仅有隐名旅行者所能感觉到的暗自喜悦，而且是统治那里的国王陛下，是生活在那里的人民以及他们的习俗，是那些人民以及其他民族的整个历史。我看见了的那些景观和那些房屋，都是上帝用我想象的材料创造出来的。我就是它们。

两种人

有些人把他们不能实现的生活,变成一个伟大的梦。另一些人完全没有梦,连梦一下也做不到。

时间表的改变

一个人通常的时间表若有任何改变，会给人的精神注入一种令人悚然的新奇，一种稍感不安的愉快。一个人依照常规在六点钟下班，如果有一天偶尔在五点钟下班，便会立刻体验到一种头脑轻松，但几乎就在同时，他也会感到自己处在痛苦的边缘，完全不知道自己该怎么办。

昨天，我有一些公事需要外出，四点钟离开办公室，到五点钟已经办理完毕。我还不习惯在这个时候置身于大街上，于是我发现自己身处一个异样的城市。缓缓的阳光落在我熟悉的铺面上，有一种无精打采的甜美。与我的城市相似，寻常路人们像一些夜色降临之前匆匆离岸的水手。

因为那时候公司还没有下班，我急急地赶回去，想证实一下其他雇员的惊讶，因为我已经对他们作过下班时的道别。回来了？是的，又回来了。与整日相伴的人们为伍，我重新感到自由，只是精神……处于一种回了窝的状态，就是说，回到了一个人没有感觉的地方。

雾或者烟

雾还是烟？它们是从地上升起，还是从天上落下来？这是不可能区分的：它们与其说是来自大地的一种散发，或者一种来自天空的沉降，不如说更像是一种空气的蔓延。很多时候，它们似乎不是一种自然的现实，更像是眼睛的自我折腾。

无论它们是什么，一种由忘却和虚幻所组成的混乱不安，已潜入整个景观。这就像病容的太阳已经静静地把一些不甚完美的东西错认为己，就像一些可以在任何事物中感受到的东西将要发生，以便让面目昭然的世界给自己掩上了一层面纱。

很难弄清楚天空中流动着的是什么——云还是雾。像是一种乏味的蛰隐之物，在这里那里胡乱涂上少许色彩，奇异的黄灰色之外，还有零星的黄灰色落入变幻不定的粉红和湛蓝之中，但是你甚至不能辨别蓝色是天空的透现，抑或只不过是一种蓝颜色的累积。

没有什么东西是明确的，甚至没有什么东西是不明确的。这就是为什么人们会倾向于把雾叫做"烟"，因为它并不像雾，或者说人们没法知道它是烟还是雾，因为它根本不可能被区分。极为温暖的空气是这一疑团的共谋。而且，它既说不上温暖，也说不上寒冷，说不上清凉。它获取的温度似乎不是来自热，而是来其他什么东西。事实上，雾气似乎看起来是冷的，摸起来是暖的，如同观看和触摸对于同样的神经来说，是不同的感受方式。

没有流连残雾通常留给树木轮廓或者楼角阴影的<u>丝丝缕缕</u>，也没有人们期望中真正烟云的半露半隐。就像每一件事物都向周围投射出白昼之下的朦胧影子，但没有产生这些影子的任何光源，没有可以承接这些投射并且可以抓住其影像的任何界面。

它不是真正可以看见的，更像是大致可视之物的一个假定（任何地方的测定都明显相等），是几近暴露的什么呼之欲出。

它创造了什么样的感觉？所有的不可能性，包括一种心灵和大脑的混淆，一种感觉的困惑，一种清醒存在的麻木，一种灵魂中锐利的感知，类似于人们竭力要看明白一点什么但终于看不明白的两眼茫茫。它仅仅是一次又一次快要显露的东西，就像真理，而且就像真理的显隐相因。

我已经打消了思考带来的昏昏睡欲，因为第一个哈欠已让我大为振作，甚至观看也不再累我双眼。把整个灵魂完全放弃之后，非现实世界的所有留存都只是遥远的声音。

呵，拥有一个另外的世界，而那个世界充满另外一些事物，让我以另一颗心灵来感受它们，以另一种思想来认识心灵！别的任何东西都行，哪怕给我沉闷，只要不是这种心灵和世界的一起融化，只要不是这种全都隐匿莫辨而且缺乏确定性的蓝色荒凉。

交易所的芦苇地

与白海鸥永不停息飞翔的生动双翼相比,塔格斯河南面的夜空,是一片阴森森的黑暗。不管怎么说,风暴还没有到来。大雨的沉沉威胁已经转移到贝克萨区的对岸去了,阵雨留下一些潮湿,大地豁然开朗,面对一大片天空中北方缓缓出现的由白转蓝。清凉的春天空气里有一点寒意。

在这样空旷和深不可测的瞬间,我想把自己的思考引入冥想。冥想本身毫无意义,但它以远方暗云的背景以及特定的直觉感受,为明亮日子的凄然寒冷,保留下空阔清澈的什么东西。就像海鸥,这种感受是幽暗之中一切神秘之物以对比方式激发起来的。

突然，与我个人的书写意图相违，在无法辨别的一种真实抑或想象的记忆之中，南边的暗空里洞开了另一片天空，也许是我在另一种生活里的所见，那片天空之下有一条北方的小河，忧郁的野苇丛生，远离着任何城市。一幅野鸭成群的图景逐渐布满我的想象，我在奇异梦境的澄明中，感到自己非常接近这一想象的场景，却不理解为什么会这样，或者怎么会这样。

在这一片河岸边的芦苇地，这一片属于狩猎者也属于恐惧的土地，参差不齐的河岸堆出小块的烂泥洲，直插入铅灰色夹杂黄色的水中，回流之处，则有积泥而成的河湾，以接待小如玩具的江上扁舟。岸边的水波闪烁，掩盖水下墨绿色的泥淖，是无人蹚过的激流里逆水而伏的泥淖。

死灰色天空中的一片荒凉，揉碎在四处飘零的浮云里，使积云更加阴暗。尽管我不能感觉到，但风一直在吹。我知道我所想念的是别的河岸，事实上，是人们能够找到的，河岸那边的一片长岛，是遥远的平川，是越过伟大而荒凉的河流之后一列真正的河岸。

没有人去那里，甚至没人愿意去。即便如此，我愿凭借一种穿越时间和空间的飞行，逃离这个世界，进入那一片景观，去从来没有人去过的那个地方。我将空空地等待自己也不知道但一直在等待的东西，到最后，什么也不会发生，只有夜晚慢慢地降临，万物将渐渐染上浓云最黑的颜色，在天空的肃杀之下一点点地隐没。

在这里，我突然感到冷，寒意渗彻周身。我深深地吸一口气，然后醒了过来。从我身边走过的人，正接近证券交易所的圆拱门，以不可理解而且不信任的眼神看了我一眼。

眼下，黑压压的天空甚至更暗了，一直低低地悬垂在南方的河岸……

雨 *

　　终于,光斑闪闪的一片黑色屋顶之上,温暖早晨的寒光划破黑暗,像启示录带来的一种阵痛。已经很多次了,深广的夜晚渐渐明亮起来。已经很多次了,以同样的恐惧——我面对另一天的到来,面对生活以及它虚构的用途以及徒劳无益的活动。我生理的个性,有形的、社会的、可用言语交流的个性毫无意义,只是在他人的思想和行动那里,才能派上点用场。

　　我再一次是我,准确地说,我不是。伴随黑暗之光

---

* 原标题如此——译者注

的到来，灰暗的疑惑充斥其中，窗叶子咔咔作响（与密封要求相差太远），我开始感到自己的抗拒无法坚守得太久。我躺在床上没有睡觉，只是有一种把睡觉的可能性持续下去的感觉，一种飘然入梦的感觉。我已经不知道什么真实或者现实的所在，睡在清爽而温暖的清洁床单之间，除了舒适之感，对自己身体的存在却浑然不觉。我自觉潮水般离我而去的是无意识的快乐，而伴随这种快乐，我才能得以享乐于自己的意识，慵懒，动物般地张望，半开半合的双眼，像太阳光下的猫，还有我断断续续想象的逻辑运作。我感到半影状态的优越正从我身上滑离而去，我不时颤动着睫毛之树下有缓缓河水在流淌，瀑布的低语，在我耳中缓缓脉搏声中和持续的微弱雨声中消失。我渐渐地把自己失落在生命里。

我不知道自己是睡着了，抑或仅仅是有睡觉的自我感觉。我的梦不会有这样精确的间隔节奏，但就像从一个醒着的梦里开始醒过来，我注意到城市生活的最初骚动，从楼下我不知道的什么地方，从上帝造就的街市里，浪一般地汹涌而起。它们是快乐的喧响，滤入苍凉的雨声，我眼下不能听出这雨声是响在现在还是响在过去……我只能从远方零碎闪光中过量的灰暗，从依稀亮色投来的光影，辨出清晨这一段不常有的黑暗，辨出眼下的时间。我听到的声音充盈着欢乐，四处飘散。它们使我心痛，就像是来召唤我与之同行，要把我送入验明正身之后的行刑。

每一天，我都躺在知觉空白的床上听到破晓。白天对于我来说，似乎是生活中伟大的事件，而我缺乏勇气来面对。我感觉到的每一天都是从它幻影的床榻上升起来，把被子全都撕碎在楼下的大街小巷，意在把我传到什么地方接受审判。而每一天的破晓之时，我都被判决。我体内这个永远可恶的人纠缠于床榻，就像舍不下已经死去的母亲；我一次次把自己埋入枕头，就像投入保姆的怀抱，以求她在陌生人面前保护我。

树荫下惬意午休的巨兽，高高草丛荫庇处疲乏不堪的街上顽童，黑人在温暖午后长久的沉沉睡意，还有舒心的哈欠和迟钝的双目，还有我们大脑休息时一片宁静的安适：这一切把我们从遗忘中摇一摇，拍一拍，慢慢送入梦乡，在梦乡莫名的抚爱之中，逼近灵魂的窗口。

睡吧，让我无意识地走走神，身体躺下来，忘记自己的躯体，欣悦于无意识状态中的自由，在遥远茂密森林中一个被遗忘的静静湖泊那里避难。

这仅仅是看上去还有点呼吸的一个废物，无法醒来感觉到新鲜和活力的一个半死者，灵魂中为了留下忘却的一种千头万绪的编织。

但是，像是一片不愿罢休的听众喊声再起以示抗议，我再一次听到突然的雨声喧哗，渗透在渐渐明亮起来的天地。我感到一阵假定的寒意彻骨，好像自己被惊吓了。我蜷缩身子，面对着荒凉和人类，面对微暗中留给我的一切，终于哭了。是的，我为自己的孤独、生命以及痛苦而哭，我的痛苦被抛弃在现实生活大路边，就像一辆没有轮子的破车，陷在泥粪堆里。我为万事万物而哭，为我儿时曾经就座的膝盖现在已经不在，为曾经伸向我的手现在已经消失，为未能抓住我的手臂，为哭泣时可以依靠的肩头其实从来就不曾有过……天终于亮了，痛苦在我心中的破晓，像白日的严酷真理，我梦想、思考以及忘记的一切——所有的一切，处在一种幻影、虚拟以及懊悔的混合之中，在往日世界的苏醒中一起翻滚，落入生活的一堆碎片，像一串葡萄被哪个小家伙偷到墙角里吃掉然后吐下的残渣。

如同召唤人们前去祈祷的钟声响了,白日的嘈杂人声突然更为喧闹。在楼房的深处,如闻一声爆炸,我听到有人轻轻关闭了内门,然后走向今天的世界。我听到有拖鞋的声音走过古怪的走廊然后直逼我的心里。以一种仓皇的动作,像什么人最终找到了自杀的办法,我掀开被子,在床上坐了起来。我醒过来了。窗外什么地方的雨声已经停歇。我很高兴,已经履行了某种莫名的职责。我突然果断地起床,走到窗前打开了通向一天的窗子,让洁净雨雾以幽暗之光浸润着我的双眼。我打开了窗,让清凉的空气湿润我热乎乎的皮肤。是的,还在下雨。但是,即便一切都照此原样不动地下去,到头来又有什么大不了呢!

我要焕然一新,我要活下去,我要向生活伸出脖子,承担车轭的巨大沉重。

单调与更糟的单调

人们说单调是一种病，折磨闲散之人，或者只是伤及那些无所事事者。不管怎样，这种灵魂的折磨还是有轻重之分的：比如在一种预先安排却又很少得到怜悯的命运之下，那些工作或假装工作（他们说到底是一回事）的人，比真正的闲人所受到的打击还要多得多。

最为糟糕的事情，莫过于让我们看到，印度人以及尚在开发过程中的民族，尚有一种内心生活的光辉，这种光辉与他们生活平淡无奇的日复一日，与他们肮脏甚至不一定真正肮脏的生活，形成了强烈的对比。看来，更为沉重的单调，总是发生在它没有把闲散作为借口的时候。体面和忙碌的单调，是所有单调中最为糟糕的一种。

单调不是无所事事百无聊赖所带来的一种病，而是感到没有什么事情值得一做时，更为麻烦的一种病。因是之故，有更多的人不得不陷入更糟的单调。

我如此经常地从账本里抬起头来，逃出自己的抄写和对于整个世界空空如也的脑袋。如果我闲着，什么也没做，没什么可做，可能还好一些，因为那种单调虽然货真价实，但我至少还可以从中取乐。在我当下的状态里，在不适的感觉里没有舒缓，没有高贵，没有安逸，只有自己造成的每个动作中的一种极度乏味，没有任何一种潜伏着乏味的行动，是自己愿意所为。

有人来了

我不知道为什么——居然眼下才注意到这一点——我一个人待在办公室里。我已经模模糊糊感觉到这一点。在我意识的某个部分,有一种放松下来的深度感觉,一种肺部呼吸得更加自由的感觉。

这是我们忽来忽去的诸多奇异感觉之一:在平常充满人面和嘈杂的房子里,或者在属于别人的房子里,发现我们独自一人。我们突然会有一种绝对占有之感,随意之感,主人般慷慨大方之感,像我已经说过的,有一种放松和平宁的充分感觉。

一个人待着真是太好了!可以对我们自己大声说

话，可以在没有他人目光相加的情况下走来走去，可以往后靠一靠，做个无人打搅的白日梦！所有的房子都成为一片草地，所有的房间都有乡间别墅般宽大。

所有的声音听起来都像来自别的什么地方，它们属于一个近旁却是无关的世界。到最后，我们成了国王。这是我们所有人都追求的目标，而且是谁知道呢，比起把假金子装进他们腰包来说，也许我们当中有更多的庶民对王位的渴望更为急切。在短短的这一刻，我们是世界的食禄者，靠着常规收入而存活，活得无念而且无忧。

呵，但是，楼道上响起了脚步声，不知是什么人走过来了。我发现这个人将打破我其乐融融的孤独。我没有昭告天下的王位将要被强盗们侵犯。这不是说我能够从楼道上的脚步声中辨出来者是谁，也不是脚步声让我想起一个特别的什么人。尽管只有脚步声，但灵魂中一种神秘的直觉，已经告诉我是什么人在上楼（突然出现在眼前的人刚好是一直在我想象中上楼来的人）走向这里。是的，是公司里的职员之一。他停住了，在我听到的开门声中，走了进来。我现在正式看见了他。他对我说:"就一个人呵,索阿雷斯先生?"我回答:"是的,我在这里已经有好一会儿了……"接着,他取夹克的时候盯上了他的另一件,挂在钩子上旧的那一件,"一个人在这里简直没意思透了,索阿雷斯先生……""是的,是没意思透了。"他已经穿上那件旧夹克,走向他的办公桌,又说:"肯定搞得你想要打瞌睡了吧。""是的,确实是想要打瞌睡了。"我表示赞同,而且微笑,然后伸手去寻找我已经忘记多时的笔,在抄写中返回我正常生活中莫名的安康。

看自己

突然，仿佛是对命运作一次外科手术，治疗古老盲症的手术取得了戏剧性成功，我从自己莫可名状的生活中抬起双眼，以便看清自己的存在形态。我看见了自己所做的一切，自己所想的一切，自己一直为之幻觉和疯狂的一切。我奇怪自己以前居然对这些视而不见，而且惊讶地发现，过去一切中的我，在眼下看来并不是我。

我俯瞰自己以往的生活，如同它是一片平原向太阳延伸而去，偶有一些浮云将其隔断。我以一种形而上的震惊注意到，所有我确定无疑的动作、清晰无误的观念、颠扑不破的目标，说到底都是如此的一无是处，不过是一种天生的醉梦，一种自然的疯狂，一种完全的盲目无知。我不曾演出过什么角色。我表演自己。我仅仅只是那些动作，从来不是演员。

我所做过的和所想过的以及出任过的一切，是我加之于自己的一系列次等而且虚假的东西，因为我所有的行为都出自于那个他，我不过是把环境的力量，拿来当作自己呼吸的空气。在这个重见光明的一刻，我突然成了一个孤独者，发现那个他已经从他自居公民的国度里被放逐出境。在我一切思虑的深处，我并不是我。

我被一种生活的讽刺性恐怖所淹没，意识性存在的边界被一种沮丧所冲决。我知道自己从来什么也不是，只是谬误和错失。我从没有活过，仅仅只是存在于自己将意识和思想注入时光的感觉之中。我的自我感觉，不过是一个人睡醒之后满脑子的真正梦想，或者像眼睛习惯了监狱里微弱光线的一个人，靠地震获得了自由。

压在我身上的，是突如其来的概念，反映出我个人存在的真正本性。这种本性一无所为，但是在我之所感和我之所见之间，造成了昏昏欲睡的旅行。压在我身上的，像是一道判决，不是判决我赴死，而是判决我明白一切。

一个人感到自己并不真正的存在，而只有灵魂是真正实体，描述这种感觉实在是太难了。我不知道有什么样的人类词语可以用来界定这种感觉。我不知道，我是真正像自己感觉的那样高烧，抑或最终是在生活那里显现于睡梦中的高烧。是的，我像一个旅行者，突然发现自己置身于一个陌生小镇，对自己如何来到这里茫然无知，我提醒自己是一个记忆缺失症患者，已经失去了对以往生活的记忆，长时间里活得像另外一个人。多年以来——从生下来而且成为一个意识性存在的时候开始——我一直是别的什么人，而现在我突然醒了过来，发现自己站在大桥的中端，眺望河水，比以往任何一刻都更确切地知道我存在着。但是，我不知道这个城镇，这些街道对于我来说十分新奇，而且玄秘如不治之症。

就这样，我在桥上凭栏，等待真实流过，这样我就可以重新得到我的零，我的虚构，我的智慧和自然的我。

这些仅仅是瞬间的事情，现在已经过去了。我注意到周围的家具，旧墙纸上的图案，还有透过玻璃窗斑斑灰垢的阳光。在这一刻，我看到了真实。在这一刻，我意识到自己是人们生存中的伟大人物。我回忆人们的行为，人们的词语，我不知道他们是否过于受到现实之神的诱惑，是否过于屈从于现实之神。他们对自己生活一无所知，对自己思想知之甚少，而他们如果要对自己有所顿悟，就要像我在这一纯粹开悟时刻做到的一样，突然抓住了莱布尼兹有关单原子元素的权威性概念，抓住通向灵魂的魔法口令。于是，一道突然的光亮烧焦和毁灭了一切，把我们全身脱光乃至一丝不挂。

这仅仅是我从中看见自己的短暂一瞬。现在好了，我甚至不能说我是什么。不管怎么样，虽然我并不知道其中真正的原因，我只是想要去睡觉了，因为我怀疑所有这一切的意义其实很简单，那就是睡觉。

画中的眼睛

不过是一张普普通通的版画。我不假思索地把它瞟了一眼,好像实际上并没看。橱窗里还有另外一些画,于是也就有了这一张,展示在落地橱窗的正当中。

她胸前搂着报春花,盯住我的目光不无哀愁。她的微笑容光焕发,面颊上染有红粉,身后是一片湛蓝的天空。她还相当小,嘴唇的曲线以及这种明信片式常规面容中的眼睛,把一种极度忧伤的眼光投定于我。搂住花束的手臂让我想起了其他什么人的手臂。她的裙子或者袍子散开来轻轻地落在一边,眼光十分悲伤:这种目光后面的画面现实,似乎表现类似真实的什么东西。她伴随春天来到这里，有一双大而悲伤的眼睛，但这并不是她看起来悲伤的全部原因。我从这个窗子前移开了脚步，穿过街道，然后在犹疑之中又折了回来。我没法忘记她一直搂着人家给她的报春花，眼睛映射出对于一切的哀怨，恰为我的生活所缺乏。

从远处看，画面更显得色彩缤纷。一条粉红色的绸带缠绕她的头发，是我此前没有注意到的。画中甚至还有关于人们眼睛的一些可怕的东西：一种意识存在的不可绕过的证据，还有出自于一颗灵魂的暗暗哭泣。我费了老大的劲，才使自己摆脱了身陷其中的恍惚，像一条狗，抖落一身雾珠般潮湿的黑暗。在我苏醒之后，那双眼睛告别所有的一切，表现出所有生活的悲伤，还有我远远凝视下的形而上图景，似乎我真是一个有上帝旨意的人。我还看见，一张日历附属在版画的底部，被上下两条宽宽的黑色凸线所框住。在这上下两条界线之间，有"1929"的字样，还有想必是有关元旦的老式草书，而在这些之上，悲伤的眼睛不无讽刺地冲着我回头一笑。

奇怪的是，我知道这个形象来自何处。有一本完全相同的日历,我经常在办公室偏僻的角落里见到。但是,奇怪之处在于,同是这样的画和这样的我,办公室里的日历没有悲伤的眼睛,仅仅是一张画而已。(印在光滑的纸上,在 A 先生这个左撇子职员的头上,呆呆地在沉睡中打发生活。)

我简直要大笑起来,但是我仍感极为不安,感到灵魂中突发急病式地一阵寒战。可惜我没有力量去反抗这种荒诞。被我无意之中接近的,是哪一个深藏上帝秘密的窗口?落地的窗口真正展示的是什么?谁的眼睛正从那张画上看我?

我一身几乎发抖。我无意地把目光投向远处办公室的那个角落,真正的画在那里。

我一次又一次举目眺望。

与死亡之约

我能够理解持续不断的惰性，仅仅在于我总是对自己单调无奇的生活听其自然，就像把一些灰尘和秽物堆积在事物完全不可改变的表面，缺少一种个人的保洁习惯。

我们应该像对待自己的身体一样，给命运洗洗澡，像更换自己的衣装一样，来改变一下我们的生活——这不是为了保持我们要吃要睡的一条小命，而是出于对我们自己无所作为的尊敬，可正式称之为洁身自好的事情。

在很多人那里，一种自洁习性的缺乏并非意志使然，而是一种不以为然的知识态度。对于很多人来说，他们生活的乏味和雷同，不是他们对自己的选择，也不是对无可选择之处境的自然迎合，而是一种对自知之明的嗤之以鼻，一种对理解力的本能讥嘲。

有一些猪，不管它们怎样对自己的污秽深感厌恶，也不能使自己远离这种境况，然而奇怪的是，它们同样有感觉的极致，能避开危险小道，防止恐怖事件发生。就像我一样，这些靠天性活着的猪们，在自己软弱无力中昏昏欲睡，并不打算尝试一下从每天平庸的生活里逃离。它们是一些小鸟，只要蛇不在场便乐不可支；是一些苍蝇，对枝头上随时准备以黏糊糊长舌袭来的变色蜥蜴毫无察觉。

就这样，每一天我都沿着自己俗套之树的特定一枝，招摇自己无意识的意识。我招摇地跑在前面，并不等待我的命运，还有我甚至不曾追赶的时光。只有一件东西把我从单调中拯救出来，那就是我做出的有关简短笔记。我仅有的高兴，在于我的牢狱里还有透光的玻璃，在栏杆的这一边，在一大堆信函和宿命的尘土中，我写下了自己每一天与死亡签约时的签名。

我是说与死亡签约么？不，这甚至不是与死亡签约。任何一个像我这样活着的人都不会死去：他们来到终点，有些枯萎，只不过是停止生长。他占据的空间，没有他也会存在下去；他走过的街道，在他无迹可寻时还将遗存下去；他住过的房子，还将被不是他的什么人来居住。这就是我们称之为虚无的一切。但这也是我们的夸大其辞，这个否定性的悲剧甚至不能保证会得到什么喝彩，因为我们无法肯定这就是虚无，因为我们的生活有多少，真知就同样只能生长多少。我们是同时遮蔽窗户玻璃里面和外面的尘土，是命运的孙子和上帝的继子。

上帝娶了永远的暗夜之神为妻。把暗夜之神弃之为寡妇的乱神，才是我们真正的父亲。

嗅　觉

嗅觉像是一种奇怪的观看方式，能够把我们大脑下意识里一些仅仅是粗略的印象，激发成动人心弦的景观。我经常感觉到这一点。我走到一条街上，虽然看到周围的一切，但两眼空空。我只是看到人们所看到的一切，知道自己走在大街上，但并没意识到这条街包括了两边人造的不同房屋。我走在一条大街上，从面包房那里飘来一股面包的浓香，也就从小城那一边飘来了我的童年，飘来了出现在我面前的另一家面包房，那仙女的王国是我们失去了的一切。我走在一条大街上。从一家窄小店铺外的摊子上飘来了一缕突如其来的水果香，也就飘来了我在乡下短暂的岁月,飘来了我不再知道的岁月或者地方,那里有果林和我心中的平宁欣慰,还有我作为一个孩子千真万确的一刻。我走在一条大街上,意外地又嗅到一股木板箱气味,从一个木箱打造者那里袭来:呵,C·韦尔德(十九世纪葡萄牙诗人,详见前注——译者注),你出现在我的眼前,最终使我快乐,因为通过回忆,我回到了文学的真实。

不求理解

我从来不求被他人理解。被理解类似于自我卖淫。我宁可被人们严重地误解成非我的面目,宁可作为一个人被其他人正派而自然地漠视。

比起办公室里的同事们把我看成特别不同的人来说,没有什么更能让我扫兴。我想让他们的讥嘲不至于弄成这种味道。我想让他们行行好,把我看成是同他们一样的人。我想把他们不再视我为异类这件事,永远钉死在十字架上。比起那些圣徒和隐士当中有案可查的殉难来说,还有更加微不足道的殉难。世上有智力的苦刑,一如世上有身体和欲望。而另一些苦刑,包含苦刑本身的妖娆诱人。

正　常

正常对于我们来说像一个家，像日常生活中的一位母亲。对伟大诗歌和崇高志向的高高群山做出一次长长的进入之后，在领略过出类拔萃和神奇莫测的险峻风光之后，最甜蜜的事情，当然是品尝生活中的一切温暖，返回快乐的傻笑和玩笑充斥其间的小酒店，混在这些人中间一起胡吹海喝，对我们受赐的宇宙心满意足，像他们一样冒冒傻气，恰如上帝把我们造就的模样。

我们所撇下的人还在艰难爬山，然而爬到山顶时，他们却也没什么可做。

不会使我震惊的是，人们会说，比起一些生活与成就皆乏善可陈的其他人来说，我视之为疯狂和愚笨的人要更好一些。他们一旦发作起来，疯癫会表现得异常的猛烈；妄想狂会有一种超乎绝大多数常人的推理能力；走火入魔的宗教狂热，比任何煽动家都（几乎）更能吸引成群的信徒，更能给追随者们一种煽动家从来给予不了的内在力量。但所有这一切都证明不了什么，只能证明疯狂就是疯狂。我宁可不知道美丽鲜花可以比附成一种荒野之地的胜利，因为胜利是灵魂的盲目，无法留下任何价值。

无用的梦幻，给我注入一种内心生活的恐怖，注入一种对神秘主义和玄思的生理性恶心，这样的事太经常了。我冲出家门，冲出自己梦幻过这些东西的地方，来到办公室，盯住 M 先生的面孔，像一位航海水手终于抵达港湾。在所有我考虑过的事情当中，我喜欢 M 先生甚于茫茫星际；我喜欢现实甚于真理；事实上我喜欢生活甚于创造了生活的上帝。这就是他赠予我的状态，因此就是我生活的状态。我因为梦幻所以梦幻。但我会不加辱于自己，给予梦幻一种它没有的价值，离开属于我个人存在的舞台，正如我不会把酒（我一直没有戒酒）叫做"粮食"或者"一种必然的生活"。

伟大的人

昨天,我耳闻目睹了一个伟大的人。我的意思不是指那些仅仅被视为伟大的人物,而是货真价实的一位。他很有价值,如果世界上真有价值这种东西的话。其他人都知道这一点,而他也知道其他人都知道这一点。于是,他具备一切条件,使我可以称他为伟大的人。我事实上就是这样称呼他的。

从体形上来看,他看上去就像一个久经摔打的生意人,脸上显露出来的倦色,很容易被诸如思虑过多一类不健康生活所引发。他的动作也完全乏善可陈,倒是眼中有一种特别的闪光——闪烁出没有被近视所苦的优越。他的声音有一点含混不清，如同一种通常的麻痹症正在开始打击他心灵中特别的洞明。但这颗灵魂表达了许多杰出的观点，有关党派政治，葡币的贬值，还有同事们诸多可耻的大毛病。

我不知道他是谁，一直没法从他的外表上做出猜测。但我完全明白，一个人不必屈从有关伟人的英雄观并以此要求凡人：比如一个伟大诗人必须有阿波罗的体魄和拿破仑的面孔，或者略略降低一下要求，也要有富于表情的面孔在人群中脱颖而出。我知道这些观念不无荒唐，即便它们是自然的，是人类的小小怪癖。然而，不管怎么样，如此期待伟大的表征并非不可理喻。当一个人排除生理表征来考虑灵魂的表达，这个时候的他，仍然可以在精神和活力以外，期待智慧至少要有一点伟岸的迹象。

所有这些，所有这些人的失望，使我们悬问于我们称之为灵感的真实。事情似乎是这样，我们不得不有所尊重的，是在一种外部和一种内部品质的神秘性授予之下，这样的身体注定要成为生意人的身体，这样的灵魂注定要成为文化人的灵魂，虽然它们没说话，但是，有诸内则形诸外，如同声音通过言词而获得表达。如果是让身体或者灵魂各行其是，那倒是大谬不然。

但是，这些不过是徒劳无谓的推测。我差不多后悔自己在这方面的沉迷。我的评价既没有减少这个人的内在价值，也没有改进他的生理外观。真实的情形是：没有任何东西可以改变任何东西，我们所做的和所说的，仅仅能触及一下山峰的顶端，而在这些群山的峡谷里，一切都在沉睡。

姑娘身上的社会学

一切都是荒诞。一个人赚钱然后省钱，以此度过他的人生，即便他没有孩子来继承，也无望在天上的什么地方获得死后奖赏。另一个人呢，毕其全力以求名气，使他有朝一日死后被人们回忆，但他居然不相信灵魂永存说，不知道唯有这种永存，才可能让他知晓自己身后的盛名。还有另一个人，老是乔装打扮，使自己的外表变得越来越不被自己喜欢。接下来，我不得不再说一个人……

一个人为了知识而阅读，当然徒劳。另一个人为了生活而享受自己，同样也是徒劳。

我上了一辆电车，按照我的习惯，慢慢地观察周围这些人的每一个细节。我的"细节"意味着物件、声音、言语。比方说，从我正前方一位姑娘的外衣上，我看出了做衣的材料，还有这件外衣所需要的做工——因为它是一件外衣而不只是一堆材料——我看出脖子周围的丝线是精心绣上去的，多番加工才造就了这样一件外衣。如同读一本政治经济学的入门课本，我立即看见了面前的工厂，各式各样的工种：制造原材料的工厂，制造深色丝线以便装饰外衣弯曲领口的工厂。我还看见了这些工厂里各种各样的车间、机器、工人以及缝纫女工。我的目光甚至可以穿透到办公室里去，看到那里经理们在试图保持克制，还有些家伙在开始算账。但这还不是全部。在这一切之外，从这些在办公室和车间里打发工时的人们身上，我还看见了他们的家庭生活……一个裸露的世界在我眼前一览无余，全都是因为无足称奇的深绿色给浅绿色的外衣镶了边，被我面前一位姑娘穿在身上。我只能看见这位姑娘褐色的脖子。

生活的所有方式都展现在我的眼前。

我感觉到爱情、秘密以及所有这些工作者的灵魂，因为他们，我面前这位乘坐电车的女人才穿上了浅绿色的外衣，在这个背景之上，一束深绿色的丝线，司空见惯地曲折环绕在她的脖子。

我越来越有点眩晕。电车上的椅子，结实漂亮的车厢，把我带向遥远的地方。它们也被分解成工业、工人、房子、生活、现实以及纷纭一切。

我精疲力竭地离开电车，像一个梦游者离开了他的全部生活。

说郁闷

自从我被染上了郁闷，这种东西直到今天还颇为奇怪。我从来没有真正地想透它实际上包含一些什么。

今天，我处在思想间隙的状态，大脑对生活或其他任何事情都毫无兴趣。我得以乘机在突然间发现，我从来没有真正想一想有关梦幻的感受，以及某些人为的相关分析为何不可避免地随之而来。我得就这一主题，清理一下我的思考和半是印象的感受。

坦白地说，我不知道郁闷恰如苏醒，并且类同于闲人长期形成的昏睡，或者是比失聪的特别形式还要高贵得多的什么。我经常受害于郁闷，但就我所能说出的而言，它在什么时候出现和为什么出现的问题上，毫无规律可循。我可以打发整整一个无所事事的星期天，并无郁闷的体验，但有的时候，我辛苦工作却有郁闷像乌云一样压过来。我无法把它与任何健康或缺乏健康的特殊状态相联系。我不能将其视为自己任何明显病态的产生原由。

说它是一种表达厌恶的形而上痛苦，是一种不可言喻的沮丧，是乏味灵魂探身窗外拥抱生活时一首隐秘的诗歌，说它是这些东西，或者是这些东西的相似之物，可能会给郁闷遮盖上一种色彩。孩子们就是这样画出一些东西，然后给它们涂色和勾边的。但对于我来说，这只是一些思想地窖里词语的回声。

郁闷……是没有思想的思想，却需要人们竭尽全力投入思想；是没有感觉的感觉，却搅得正常卷入的感觉痛苦不堪；是无所期待时的期待，并且受害于对这种无所期待的深深厌恶。虽然郁闷包含了所有这一切，但它们并非郁闷本身，它们只是提供一种解释，一种翻译。如同直接感知的表达，郁闷像是环绕灵魂城堡的护城河上的一直收起来了的吊桥，留下我们但偏偏没有留下动力吊闸，让我们无力地远望周围永远无法再一次涉足的土地。我们在自己的内部疏离了自己，在这种疏离当中，分隔我们的东西与我们一样呆滞。一池污水围绕着我们理解的无能。

郁闷……是没有伤害的伤害，没有意向的期待，没有理由的思考……它像是被一种可恶的精灵所占有，被什么也不是的东西所完全蛊惑。人们说，女巫和少许男巫造出我们的模型，然后加以折磨，便能以某些灵魂转化的方式，在我们心中重新造成这些同样的折磨。郁闷在我的心中升起，就是这样一种模型的转化感觉，像一些小妖精不是把符咒施于模型，而是施及灵魂的邪恶反应。这些符咒施及我内在的心灵，施及我心灵中内在世界之表，施及他们粘糊纸片后再戳入钉子的部位。我像一个出卖灵魂的人，或者说更像这个人出卖的灵魂。

郁闷……我工作得相当累。我履行了自己在实用道德主义者们眼中的社会责任，履行这种责任，或者说履行这种命运，不需要巨大努力，也没有什么值得一提的困难。但在有些时候，正好在工作或休闲（同样按照那些道德主义者的说法，一些我应该享有的东西）的途中，我的灵魂被惯有的坏脾气所淹没，我感到疲惫，不是对工作或者休闲疲惫，而是对自己感到疲惫。

我甚至对自己无所思索，为什么会对自己感到疲惫？我曾经思索过什么吗？我苦苦算账或者斜靠在坐椅上的时候，宇宙的神秘向我压了下来吗？生存的普遍性痛苦突然在我心灵的正中央结晶成形了吗？为什么被命为高贵的人甚至不知道自己是谁？

这是一种完全空虚的感觉，一种让人无心进食的焦虑，也许是一种同样高贵的感觉体验，来自你的大脑，或者来自你抽烟饮食过量以后的肠胃。

郁闷……也许，基本上是一种在我们灵魂最深处有所不满的表现，不是给予我们并且迫使我们相信的东西。它是我们所有人都深陷其中的孩子式的孤独，从来也不是什么买来的神秘性玩具。它也许是人们需要一只援手来引导出路的不安，是感情深处黑暗道路上无所意识的茫然，更是人们无能思考的寂静夜晚，是人们无能感觉的荒芜野道……

郁闷……我无法相信一个心有上帝的人会受害于郁闷。郁闷是神秘论的缺乏。对于没有信仰的人来说，甚至怀疑也是消极的,甚至怀疑主义也无力来解救绝望。

  是的,郁闷就是这样的东西:灵魂失去了哄骗自己的能力,失去了虚拟的思想通道——灵魂只有凭借这个通道,才可以坚定地登上真理之巅。

败者的旗帜

向着一切事物深处可能的巨大无边，我至少可以高举自己觉醒的光荣，就像它是一个伟大的梦想；我至少可以高举怀疑的灿烂，如同它是一面战败者的旗帜……一面旗帜被虚弱的双手高举，一面旗帜在弱者的鲜血和泥泞里艰难前行……但是，当我们把自己投向流沙迷阵之时它仍然高高升起，没有人知道我们这是在抗争，是在挑战，还是绝望之举……没有人知道，因为没有人知道这一切，而流沙正准备着一口吞没旗帜及其所有一切……

流沙覆盖了一切，我的生活，我的文字，我的永恒。

　　我把自己举起来,把自己战败者的知识举起来,像举起一面胜利的旗帜。

再说郁闷

还没有人对郁闷做出过准确的定义，在从未经历过郁闷的人那里，至少还没有相应的语言理解。有些人把郁闷叫做不过是乏味的那种东西，另一些人用这个词语，意指特定的生理不适，还有些人索性把郁闷当成了疲惫。郁闷包含了疲惫、不适以及乏味，但只是以水包含氢氧化合的方式。它包含了它们但并不是它们的简单相加。

有人给予郁闷一种有限的、不太完全的感觉，另一些人则赋予它一种几乎高深的意义，比方说，在这个时候，"郁闷"这个词会用来描述人们的深度感受，表达对世界偶然性和不确定性的精神痛苦。乏味使人打哈欠，生理不适使人烦躁，疲惫让人根本不想动弹。但它们都不是郁闷。它们不是那种斗争抱负受挫之后万事皆空的浩茫心绪，不是一种提升渴望受挫之时播种在心灵的某种神秘和圣洁之感。

是的，郁闷是对世界的乏味，对生存的不适，对活下来的疲乏不堪，事实上，郁闷是人们对万事感到无边空幻的身体感觉。但是，更进一步说，郁闷是对另一个世界的乏味，不论那个世界存在或者不存在；郁闷是对生存的不适，哪怕一个人已经他变，在另一个世界里过着另一种生活；郁闷伴随全部的永恒（如果它存在）和虚无（如果这就是永恒），不仅仅是对昨天或者今天，也是对明天的疲乏不堪。它不仅仅是万事皆空，不仅仅在无限扩展之时会成为对灵魂的伤害，它也是对其他一些事物的幻灭，是体验空无的灵魂感受到本身空无的幻灭，是一种激发出自我厌恶和自我遗弃之感的幻灭。

郁闷是混乱而且事实上万物皆为混乱的生理感应。一个乏味、不适和疲惫的人，感到自己被囚禁在一间小牢房。一个对生活困逼有所醒悟的人，感到自己被锁链困在一间大牢房。但是，一个被郁闷所折磨的人，感到自己是一种无效自由的囚犯，身处一间无限辽阔的囚笼。对于乏味、不适或者疲惫的囚犯来说，牢房四周的高墙可以粉碎并且把他埋葬。对于在世界的困逼中醒悟过来的囚犯来说，锁链可以从肢体上脱落并且任他逃走，或者，即便他无法从中逃离，锁链至少可以伤害他，使他体验痛感从而苏醒生命的滋味。但是，辽阔无边的囚笼无法粉碎，无法埋葬我们，因为它并不存在，而且我们还无法宣示自己被镣铐带来确凿痛感的证据，因为我们手腕上并没有套上什么东西。

当我站在不朽、然而正在消逝的黄昏里，站在这清澈美丽之前，我有自己的纷纭感觉。我抬头看高远洁净的天空，看模糊如云影的粉红色形状，它们不可触摸地落在远方生活的翅膀之上。我看河水微微闪光，似乎是深深天空一片蓝色的镜像。我再次举目长天，在透明的空气里，在那已经松散但还没有完全溃散的朦胧云团之间，有一片单调的冰雪之白，似乎在所有万物之中，在最高远和最虚玄的层次上，给人一种不可能仅仅是它们自己的那种感觉，让人感受到一种焦虑和荒凉之间似有非有的联结。

　　但是，那里有什么？那高高天空里除了高高天空还有什么？是一无所有？除了借来的色彩，那天空中还有什么？在那些零散稀薄的云彩里，在我已经怀疑其存在的云彩里，除了一点点柔和太阳光的散乱反射之外，还有什么？在那一切当中，除了我自己，还有什么？呵，在那里，仅仅是在那里，存在着郁闷。这是在一切——在天空，在大地，在世界之中——除了我自己以外从来都白茫茫一片真干净的事实。

廉价香烟

真正的财富蒙蔽一个人的眼睛,使他吸上昂贵的雪茄。

托廉价香烟之助,我得以像一个重访旧地和重访自己当年青春岁月的人,返回我生活中曾经抽烟的时光。香烟淡淡的气味,已浓烈得足以让我重温自己以往的全部生活。

在另一些时刻,一块特定类型的糖块,可以达到同样的效果。一块单纯的巧克力可以激起我忆绪泉涌,折磨我的神经。

童年!当牙齿咬入软软的、黑色的糖泥,我像一个领头兵有了自己满意的伙伴,像挥舞鞭子的骑手使一匹马恰遇其主,我咬入了并且体味着自己卑微的欢欣。泪水盈满了我的眼眶,巧克力的味道里混杂着我往昔的快乐,我逝去的童年,还有我对甘甜之痛楚近乎情欲性的依恋。

这种仪式性品尝的简单,丝毫不损重大时刻的庄严。

但这支香烟极其敏感地为我重建了往昔的时光。它正好触动了我的意识,使我有了味觉,这就是它比其他任何东西更[……]的原因。对于它唤回的往日来说,我现在已经死亡。它使远远的时光呈现在眼前,任它们雾蒙蒙的一片将我紧紧包裹,一旦我要抓住它们,便更加虚无缥缈。一支薄荷香烟,一支廉价的雪茄,可以轻柔洗涤我以往任何一个时刻。

依靠我组合滋味和气味以重建消逝光景的微弱可能性,[……]过去对于我来说,如同十八世纪一样遥远、乏味以及邪恶,如同中世纪一样不可赎回地丧失。

分 类

一般说来，作为世界的分类学家们，科学人士的知识仅仅是给世界分类的能力，他们忽略的事实是：可以类分之物是无限的，因此也就是不可类分的。但是，让我最为惊异的是他们对这一未知分类范畴的存在一无所知，对存活于知识裂缝中的灵魂和意识之事一无所知。

也许，因为我思考和梦想得太多，我简直无法在现实存在和非现实存在的梦想之间做出区分。这样，我把自己的一页思虑夹在天地之间，既不光耀于太阳，也不被踩踏于足下：它们是想象的流体性奇迹。

我用想象的日落金辉供自己穿戴，但是被想象者只存活在想象之中。我用想象的微风来使自己高兴，但是想象只存活在它被想象的时候。因为所有构想都有各自的灵魂，所以种种构想赐给我灵魂，即把它们拥有的灵魂——交付给我。

只有一个问题：现实，是融为一体的，活生生的。我能否知道一棵树和一个梦的不同之处是什么？我可以触摸树木，我知道我有梦想，这里的区别实际上意味着什么？

这意味什么呢？这个我，独自在空旷的办公室里，可以生活和想象，无伤于自己的智能。我的思考可以顺利持续下去，在这些空空写字台旁边，在报纸上两个圆球的快讯专栏旁边。我离开自己的高凳，预先享乐于一种构想中的提拔，躺入了 M 先生那张带弯曲扶手的椅子。也许，误入神位也会被抽象的神圣身份感所影响。十分炎热的天气使人昏昏欲睡；我因为乏力而无眠地睡一睡。这就是我生出上述一些念头的原因。

为了忘却的寻找

丝丝缕缕的流云布满整个天空,割裂了落日。各种色彩的柔和反射编织在多姿多彩的上空,流连忘返于上天巨大的不安之中。高高屋顶之处,一半闪烁阳光,一半沉入暗影,落日的最后一道缓缓余晖焕发出来的光雾,既不是光彩本身,也不是光彩照亮的物体。一种浩大的平宁君临于喧嚣城市,使城市渐渐静寂下来。在所有的色彩和声音之外,一切都在无声地深深呼吸。

视野尽头,房屋粉墙上的阳光逐渐有了岩灰色的调子。各种各样的灰色透出寒冷。峡谷般的街道里,漂流着一种淡淡不宁的睡意。峡谷睡着了,渐渐平静。云团最低处的亮色开始一点点地转为黑暗，只有一片小小的云，像一只白色的鹰高高盘旋于万物之上，仍在闪耀灿烂的、金色的、遥远的光芒。

我放弃自己在生活中寻找的一切，恰恰是因为我不得不将其寻找。我像一个狂乱的人追寻他在梦中找到过的东西，完全是因为忘却了那件东西准确的模样。以历历在目的手，近在眼前的手势——这只手以五根白皙的长长指头千真万确地存在——寻找，把事情翻来覆去，上下折腾，寻找就变得比我要寻找的东西更加真实起来。

我一直拥有的一切，像这一片高远天空，多样地单一，充满一种被遥远之光所触抚的虚无碎片。一种已经死去的虚妄生活的残迹，与远远而来的金辉相接，与整个真实的苍白笑容相接。是的，我所有的一切，来自我在寻找和发现时的无能为力：我不过是黄昏沼泽之地的公侯，空空墓地之城的没落王子。

在我的这些思索中，在一片高高云流的突然光照之下，我现在或者以前的一切，或者我自以为现在或者以前构成了我的一切，突然间散失了秘密、真实，也许还有隐藏在生活之中的危险。这一点,就是生命留给我的一切,像一颗正在消逝的太阳,改变着光线,让它的手从高高屋顶滑过,一切事物内在的阴影随后慢慢地浮现于屋脊之上。

远方的第一颗小小疏星——犹疑的、颤抖的银光一滴——开始闪烁。

向每一个人学习

生活的一条法则,就是我们能够而且必须向每一个人学习。要弄懂生活中好些重大的事情,就得向骗子和匪徒学习;而哲学是从傻子那里捡来的;真正的坚忍之课是我们碰巧从一些碰巧坚忍过的人那里得到的。每一件事物都有取之不尽的东西。

在沉思中十分清醒的特定一瞬,比方在黄昏降临这样的时候,我在街上漫游四处张望,每一个人都给我提供新闻的片断,而每一幢房子都是传奇,每一个招贴都是建议。

我无声的行走是一次长长的交谈，我们所有的人、房子、石头、招贴以及天空，组成了一个伟大的亲密集群，在命运队列中用词语的臂肘互相捅来抵去。

写　作

当我写完了什么,自己总是惊异。惊异而且沮丧。我对完美的欲望,一直妨碍我写完任何东西,甚至妨碍我开始写作。但是,我忘记了这一点,我正在开始。

我收获的东西,不是应用意志而是来一次意志屈服的产品。我所以开始,是因为没有力量去思考;我所以完成,是因为没有恰好能够放弃写作的心情。这本书代表着我的怯懦。

我经常像这样打断自己的思考,插入一段风景描写,以其亦真亦幻的方式,适配自己印象中的总体构思,究其原因,无非风景是一扇门,通过这扇门我可以逃离自己创造乏力的知识。在与自己交谈从而造就了这本书的过程中，我经常感到一种突然的需要，想谈谈别的一些什么，于是我谈到在似乎潮湿的闪闪屋顶之上或高高大树之上阳光的盘旋，就像我眼下写的，是如此明显的信手拈来，轻轻地飞旋于一座城市的山侧，演练它们静静陷落的可能；或者谈到招贴一张叠一张地布满高高房屋的墙头，那些房屋开设供人交谈的窗口，那里的落日余晖使未干的胶水变得金黄。

如果我不能设法写得更好，为什么还要写作？但是，如果我没写出我正在设法写的东西，我会成为什么？是不是会比我自己堕落的标准更加低下得多？

因为我力图创造，所以在我自己的志向里，我是一个下等人。我害怕沉寂，就像有些人害怕独自走进一间黑屋子。我像这样的一些人，他们把勋章看得比获取勋章的努力更有价值，在制服的金色丝带上看出光荣。

对于我来说，写作是对自己的轻贱，但我无法停止写作。写作像一种我憎恶然而一直戒不掉的毒品，一种我看不起然而一直赖以为生的恶习。有一些毒药是必要的，有一些非常轻微的毒药组成了灵魂的配方，诸多草药在残破之梦的角落里熬炙,黑色的罂粟在靠近坟墓的地方才能找到［……］长叶的卑污之树,在地狱里灵魂之河喧哗的两岸摇动它们的枝干。

是的,写作是失去我自己,但所有的人都会失落,因为生活中所有的事物都在失落。不过,不像河流进入河口是为了未知的诞生,我在失落自己的过程中没有感到喜悦,只是感到自己像被高高的海浪抛入沙滩上的浅池,浅池里的水被沙子吸干,再也不会回到大海。

隐　者

　　我是一个走在他们中间的陌生人，没有人注意我。我像一个生活在他们中间的间谍，没有人，甚至我自己也从不生疑。每一个人都把我当成亲戚，没人知道我生下来时已经被调换。于是，我很像、也颇为不像其他的人，是所有人的兄弟，但从来不是任何家庭的一员。

　　我来自奇妙的土地，来自比生活漂亮得多的风景，但我一直对那片土地守口如瓶，除了对自己说一说，除了在风景全无踪影的梦里对虚空相诉。在木质地板上，在人行道的石砖上，我的脚步激发出与自己同步的回响，然而在靠近心头之处，似乎仍然跳动着一个陌生人虚幻贵族的脉搏，总是那么远远地离开被放逐的身体。

没人认出同形面具下面的我，也没人曾经猜出那是一个面具，因为没人知道这个世界上还有面具的玩家存在。没人想象出永远会有我的另外一面，还有真正的我。他们对我的身份一直深信不疑。

他们的房子安顿我，他们的双手握住我的手，他们看我走在街上以为我真的就在那里；但是，我充当的这个人从来不在这些房间里，生活在我体内的这个人从来没有手被他人紧握，我知道自己应该成为的那个人从来没有街道可供行走而且没有人可以看见他，除非这些街道是所有的街道，而看见他的人是所有的人。

我们全都活在如此遥远和隐名的生活里；伪装，使我们全都蒙受陌生者的命运。对于有些人来说，不管怎么样，他们与另一个存在之间的距离，从来不曾暴露；对另外一些人来说，这种距离只有通过恐怖和痛苦，在一种无边的闪电照亮之下，才不时得到暴露；当然还有另外一些人，在他们那里，这种距离成了日常生活中一种痛楚的恒常。

应当清楚地知道，我们这些人对自己一无可为，对我们思考或感受的东西，永远处于诠释之中。也许，我们愿望的一切从来非我们所愿所望——在每一刻知道这一点，在每一种感受中感受这一切，于是所谓成为人们自己心灵里的陌生人，于是从人们自己的感受里放逐，难道不就是这么回事？

然而，在狂欢节最后一个夜晚，一直躲在面具后面的我这个人，正站在街角盯着一个没有面具的人并且与他交谈，最后伸出自己的手而且大笑，说声再见。没有面具的人离开了，从他们一直站立的街角转入一条巷子，而戴着面具的人——在不可想象的伪装下——向前走去，在影子和时有时无的灯光之间移动。这种决然的告别与我想象的情景完全不同。

仅仅在我注意到这一点以后，街上才有了街灯以外别的一些什么：一片朦胧的月色，隐秘而宁静，像生活一样空空荡荡……

父 母

我不能确定,是不是对自己心灵中人性干涸的确认,带来了我的悲哀。我对一个形容词的关心,甚于关心任何来自灵魂的真正哭泣。我的主人 V 先生［……］

但有时候我会是另一种样子,会哭出真正的眼泪,一种热泪,一种丧母或者从来无母的人才有的眼泪。这种悲泪在我的眼睛里燃烧,在我内心深处炽焰腾腾。

我不能记住自己的母亲。我只有一岁的时候她就死了。如果我的敏感中差不多有一种严厉或者疏离不群的东西,那么它就根植在一种温暖的缺失,还有一种对亲吻的虚妄怀旧——我甚至无法回忆起这样的吻。我是一个骗子。总是在属于别人的乳房上醒来，躲躲闪闪地窃取别人的温暖。

唉，一种使我能够成为另外一个人的愿望，在骚动和困扰着我。我能够成为眼下的这个人，但又能接受自然而然从子宫里涌流出来的慈爱，像一张婴儿脸接受吻的馈赠么？

不论我喜欢或者不喜欢这一点，在我宿命般敏感的混沌深处，我期待所有的这一切。

也许，是他人之子将这种无根无由全无来历的怀旧，献给了我冷漠的情感。当我是一个孩子的时候，把我抱过去的人，实际上没把我抱到他们的心头。而能够这样做的人，已经远去，躺入墓穴——也许这就是我的母亲。这是命运的安排。

我后来才听他们说到这些，在他们说到我母亲很漂亮的时候我沉默无语。我的身心已经成长，情感方面却已麻木。对于我来说，言说仅仅是从另一个人的书本中不可思议的片断里抽取的资料。

我父亲与我们没有生活在一起，他自杀的时候我还只有三岁，且从来不知道他。我一直不知道他为什么离我如此遥远。我也从来不是特别地想知道这一点。我回忆他的死,是想起我们听到噩耗之后,吃第一餐饭时笼罩于一片严峻气氛,我无论什么时候都会记得,他们看着我,而我笨拙不解地朝自己身后看。接下去,我在这种情况下更为小心地吃自己的饭,没有注意其他人还在继续盯住我。

归　舟

　　逝者如川，远去的日子在年华虚度中消亡。没有人会告诉我我是谁；也没有人知道我是谁。

　　我从一座未知的山上下来，走入同样未知的峡谷，脚步声在缓缓的黄昏中只是给洁净的森林留下一丝人迹。我爱的每一个人都把我遗弃给暗夜。没人知道最后一班船的时间，公告牌上没有通知的迹象，也没人会去写上一点什么。

　　是的，一切都是虚妄。人们此前可能传说过的故事已经烟消，也没人提供任何确定的消息，让我知道那个希望登上幻觉之舟并且已经先期离开这里的人，那个夜雾降临之下犹豫不决的孩子。

在众多迟到者当中,我有一个名字,但像其他的一切那样,也仅仅是幻影而已。

写作治病

从今以后，我会碰到一些事情。当这些事情照常突如其来的时候，生活将一种极度的烦闷强加给我的情感，对这一种如此剧烈的烦闷，任何疗救都于事无补。自杀看来是过于不当和过时了，即便有人假定这种办法可以确保遗忘，但也没什么意义。这种烦闷渴求的并不是简单的停止生命——这也许是可能或者不可能的——而是比这更可怕、更深重的东西，是想要彻底的不曾存在，而这一点当然无法做到。

我在印度人经常混沌一片的沉思中，已经捕捉到类似这种野心的某些特定情境里的暗示（这种野心甚至比空无本身更有消极性)。但是,他们要不是缺乏感觉的敏锐,来解释他们的所思,就是缺乏思想的灵动,来感受他们的感觉。事实上,我无法真正看清楚我在他们那里观察到的东西。更进一步说,我相信自己是把这种不可救药的感受及其凶险荒诞形诸文字的第一人。

我用写作来除掉这一魔影。做到这一点的力量,不仅仅来自纯粹的情感,也来自知识。没有一种真正深藏的苦恼,不可以在讽刺性的相应书写之下得到救治。在少有的情况下,这也许就是文学的用处之一,而且可以假定,这种写作也不会有其他用途。

不幸的是,受害于知识比受害于情感要少一些痛苦,而同样不幸的是,受害于情感比身体的受害要更少一些痛苦。我说"不幸",是因为人类的尊严自然而然地要求对立物。有关生命神秘性的苦恼之感,不会像爱情或者嫉妒或者向往那样伤人,不会以剧烈生理恐惧的方式来窒息你,或者像愤怒或者野心那样使你变态。但是,没有任何一种痛苦可以使人心痛欲裂像真正的一种牙痛、疝痛或者(我想象的)生孩子的阵痛……

我写作就像别人在睡觉,我的整个生活就像一张等待签字的收据。

在鸡棚里,公鸡注定了将要被宰杀。它居然啼唱着赞美自由的诗歌,是因为主人提供的两条栖木暂时让它占了个全。

我是书中的人物

我一直不知不觉地见证自己生命的逐渐耗竭，还有一切我向往之物的缓缓破灭。我可以说，真实不需要花环来提醒自己已经死亡，据此而言，这世界上没有一件东西是我愿意得到的，我也无法在任何一件事情中，把我瞬时的梦想安顿片刻——这种梦想，还没有坠落和破碎在我的窗下，还没有像一块泥团从街上高高的阳台上一个花钵里倾落，然后散落成地上的残土。事情甚至是这样，命运总是最先和最早地试图使我热爱和愿望某一件事物，在紧接下来的第二天，我就在命运的圣谕之下看得十分清楚，自己不曾亦不会那样去做。

尽管如此，如同是自己的一个旁观冷嘲者，我从未失去观察生活的兴趣。眼下，即便事先知道每一个尝试的希望都会破灭，我还是领受特别的愉悦，同时享乐于幻灭和痛苦，还有一种苦涩的甜蜜，甜蜜在苦涩中更为突出。我是一个忧郁的战略家，每战皆失，面临眼下一次次新的交战，勾画出命运退却的诸多细节，欣赏于自己做出的计划。

我的期望将会落空，我不能在对此无知的情况下来伸展期望。这种命运像邪恶的造物纠缠于我。无论什么时候，我在街上看见一个少女的身影，在惊异然而无聊的瞬间，会觉得她是多么像是我的人。然而，每一次，她都使我的白日梦破灭，让我活活地看见她遇见另一个男人，明显是她的丈夫或者情侣。

一种罗曼蒂克会造成这样的悲剧，而一个局外人却可以把这件事权当喜剧。然而，我身兼两职，因为对于自己来说，我既是一个罗曼蒂克情种，又是一个局外人，只是把书页往下翻，享乐于一个又一个冷嘲热讽的故事。

有些人说，生活中不能没有希望；另一些人说，正是希望使生活丧失了意义。对于我来说，希望和失望都不存在，生活仅仅是一张把我自己包含在内的图画，但在我的观看之下，更像是一出没有情节的戏剧，纯粹是为了悦目而演出——生活是一场支离破碎的芭蕾舞，是一棵树上狂乱翻飞的树叶，是随着阳光变幻颜色的云彩，是城市奇特地段那混乱无序的网状老街。

在很大程度上，我是自己写下的散文。我用词藻和段落使自己成形，给自己加上标点，而且用一连串意象使自己成为一个国王；就像孩子们做的那样，给自己戴上一顶报纸叠成的王冠。用一连串词语寻找韵律以便让自己华丽夺目；就像疯子们做的那样，把梦中依然盛开的干枯花朵披挂自己全身。

更进一步地说，我成为意识本身，像一个注满锯屑的玩偶那样沉静，无论什么时候推它一下，它那顶缝在突出帽子顶端的铃铛就会摇响：生活叮叮当当响在一个死者的头上，对命运构成小小的警告。

事情经常是这样，即便我正处于平静的不满，但我仍不会有空虚和单调之感，不会有这种思想慢慢潜入自己意识情绪的方式！事情经常是这样，像从其他混杂噪音中听出了某种声音，我没有感到与人类生活如此相异的生活有什么苦涩，倒是感到在这种生活里，唯一发生的事情，只是对生活有所意识。事情经常是这样，我从自己身上苏醒过来，不曾把放逐的我回看一眼。我多么想成为终极的空无之人：这个幸运者至少可以感受到真实的苦涩；我多么想成为生活充实的人，他感受到疲劳而不是单调，受害而不仅仅是想象受害，是真正地给自己一刀而不是慢慢地死去。

我已经成为一本书里的人物，一段已经被阅读了的生活。与我的意愿完全相反，我的所感是为了自己能将其记录下来的感受，我的所思是后来出现在词语中的思想，而且混杂着只会彻底毁坏这些思想的意象，并且在意味外物介入的韵律中展开。在这所有的重写中，我毁灭了自己。在这所有的思想中，我现在的思想不仅仅属于我，不是我自己。我探测自己的深度，但弄丢了自己的准绳；我毕其一生想知道自己深还是浅，但只能用自己的肉眼来目测，而展示于眼前的一切，在一口巨井的幽黑水面上清清楚楚，不过是这个人看见了对视自己的一张脸。

我像一张扑克，属于古代未知的某一套牌，是失落了的某一盒牌中仅存的残余。我没有意义，不知道自己的价值，没有什么东西可以用来比较自己，从而对自己加以寻找，在生活中也没有可以赖以辨认自己的目标。于是，在我用来描述自己的一连串意象里——既不真实亦非不真实——我更像意象而不是我。我在实在之外谈论自己，把自己的心灵用如墨水，其意图仅仅是写作。但是，反应渐渐微弱，我重新屈从于自己，返回原样的我，即便这个我什么也不是。一种类似枯泪的东西，在我大睁的两眼里燃烧，一种从来没有感受过的焦虑，扼住了我干涩的喉头。然而，如果大哭一场的话，我并不知道自己为什么而哭，也不知道为什么我还没哭出来。幻境像影子一样紧紧粘着我。我所向往的一切只是入眠。

嫉　妒

我嫉妒每一个人,因为他们不是我。与之有关的一切不可能性,使这件事看起来总是至关重要。这一点造成了我每天忧郁的主体部分,让沮丧填满每一个黯淡时刻。

离　别

　　我把时间当作一种可怕的疼痛来体验。当我不得不离开什么东西的时候，总是可笑地黯然神伤：在那间可怜的小小租房里，我度过了几个月时光；在那张乡间旅店的桌子旁，我每个周六都在那里用餐；还有那间火车站的候车室，我在那里耗费了两个小时等候火车。但是，生活中的这些美好事情形而上地伤害我——当我不得不离开它们的时候，以我神经能够控制的全部敏感，我想，我再也见不到它们了，至少再也见不到严格意义下此时此刻的它们了。一个地狱在我的心灵里洞开，一阵来自时间上帝的狂风，猛烈地吹打我苍白的面孔。

时间！消逝！［……］我过去和未来的所为都从不可追！我过去和未来的所有都永不可驻！死者！那些在我孩提时代曾经爱过我的死者。当我回忆他们的时候，我整个心灵已经冷漠，我感到自己的心灵已经从每一颗心灵里放逐，孤零零游荡于自己的暗夜，在每一张紧闭和寂静的大门前，像一个乞丐沿街哭泣。

永远的孩子

上帝把我造就成一个孩子，把我留下来以便永远像一个孩子。但是，他为什么让生活打击我，为什么拿走我的玩具，让我在游戏时间里孤独一人，为什么让我用稚嫩的小手把胸前泪痕斑斑的蓝色围裙抓皱？

既然我生活中不能没有慈爱，为什么要把慈爱从我身边夺走？

当我在街上看见一个小孩哭泣，一个小孩不被他人理睬，这件事在我紧缩内心毫无疑问的恐怖中，比我看见一个小孩的悲惨，更能伤害我。我在自己生活的分分秒秒都深感刺伤。抓揉围裙一角的小手，还有被真正哭泣扭曲了的脸，还有柔弱和孤单，那全是我的故事。而成人们擦肩而过时的笑声，像火柴在我心灵敏感的引火纸上擦出火花。

写作是对自己的正式访问

一天又一天,我在不为人知的灵魂深处,记录诸多印象,它们形成我自己意识的外在本质。我用漂泊的词语说出它们,一旦它们被写下来,它们随即就弃我而去,独立地远游,越过意象的高山和草地,跨入奇幻的大街和混浊的小巷。它们对于我来说没有用,没有任何用。但它们能让我静静地写作,这就是一个病残者的方式,即便他疾病在身,却仍然能够很轻松地呼吸。

有些人在心神不定之时,会在他们写字台的纸片上画出一些线条和离奇的词语。这些纸页就是我自己心智无意识的胡涂乱抹，我如同一只阳光下的猫，在一种感觉的麻木中录下它们，然后在重读它们之时，得到一种迟钝和迟到的震痛，就像回忆起自己以前总是忘却了的什么。

写作如同对自己进行一场正式的访问。我有特殊的空间，靠别的什么在想象的间隙中回忆，我在那里欣悦于对自己的分析，分析那些自己做过然而不曾感受过的东西，那些不曾被我窥视过的东西——它们像一张悬在黑暗中的画。

我古代的城堡甚至在我出生之前就已经失去。我祖先的宫殿挂毯甚至在我来到这个世界之前就已经统统变卖。我的大厦在我生存之前建立起来，但现在已经坍塌为满目废墟，只有在特定时刻，当我心中的月亮浮上芦苇地，我才感到怀旧的寒意从一片残垣断壁那里袭来，一片由深蓝渐渐转为乳白的天空，衬托它们黑森森的剪影。

我分裂自己，像斯芬克斯怪兽。我灵魂中已经忘却的一团乱线，从我女王的膝头上落下来——我没有这样的女王，只是在她无用的花毯上见过这样的场景。我的线团滚到雕花箱子下,后面跟随着我的什么东西,似乎是我的眼光,一直目送线团最终消失在终点和墓地一片巨大恐惧之中。

理解毁灭爱

我为了理解而毁灭自己。理解是对爱的忘却。我对达·芬奇那个既十分虚假同时又十分深刻的说法茫然无知,他说一个人只能在理解的时候,才可能对什么东西爱起来,或者恨起来。

孤独折磨着我;陪伴则压抑着我。另一个人的在场会搅乱我的思想;我以一种特殊的抽象方式梦想他们的在场,而我的任何分析能力都无法解说这种方式。

孤　闭

疏离者的形象造就了我。另一个人的在场——一个人就足够了——立刻慢慢毁灭我的思想，恰如一种常规情况下的人际交往行动会刺激表达与言说，而对于我来说，这种交往行动会形成"反刺激"——如果这个词是存在的话。当我独自一人的时候，我可以妙语连珠，无人能及，嬉笑怒骂皆成文章，智慧碰撞的火花皆面壁而生；但只要我面对另一个人，这一切就统统消失。我会丧失自己所有的才智，丧失自己说话的气力，再过一会，我能做的所有事情就只剩下睡觉。

是的，与人交谈使我感到昏昏欲睡。只有我的鬼魅和幻想中的朋友，只有我梦中的谈话，才真切可感，精神在这种谈话中才会犹如影像呈现于镜中。

被强制与他人交际的整个意念压抑着我。一位朋友有关晚餐的简单邀请，使我产生的痛苦难以言表。任何社交职责的念头——去参加一次葬礼，在办公室与人讨论什么问题，去车站迎接什么人（无论认识或不认识的）——仅仅是这样的念头，就足以阻塞我整整一天的思想，有时甚至可以让我前一个晚上就忧心忡忡，无法安睡。到了这一步，现实倒完全无所谓了，它的到来肯定还不会有如此之多的纷乱，而我从来无法得知这种纷乱总是一再发生。

"我习惯孤独而不习惯与人相处。"我不知道是卢梭还是瑟南古（十八至十九世纪法国作家——译者注）说过这样的话。但某种精神同样属于我这种类型的人，虽然我可能不会说得像他们那样尖锐。

恨的爱

我想,在意识深处造成我与他人生活格格不入的东西,是这样的事实:绝大多数的人用感觉来思考,而我却用思考来感觉。

对于一般人来说,感觉就是生活,而思考就是认识这一种生活。但对于我来说,思考才是生活,而感觉只是给思想提供食粮而已。

我热情的容量极小,很奇怪的是,我的感情更多投向那些自己的对手,而不是指向那些我的精神同类。我在文学中的崇拜对象,无一不是那些与我鲜有共同之处的古典作家。如果我不得不在夏多布里昂和维埃拉之间，选择一个作家的作品作为我唯一的读物，我会毫不迟疑地选择维埃拉。

有更多的人不同于我，他们看来更现实，因为他们不那么倚重自我的主观性。这就可以说明，为什么我专心研究的恒常对象，恰恰就是我反对并且远远避离的粗俗人性。我爱它恰恰是因为我恨它。我兴致勃勃地观察它，恰恰是因为我实际上憎恶对它的感觉。一片让人非常倾心的风景，作为一张画，通常是为一张不舒服的床而配置的。

无善无恶

不论我们知道与否,我们都有一种形而上的思维;同样,不论我们喜欢与否,我们也全都有一种道德观念。

而我的道德观极为简单——对任何人既不行善,也不作恶。

不作恶,不仅是因为认识到别人也拥有我裁判自己的同样权利,有权不被别人妨碍,而且还因为我认为世界上已经有足够的自然之恶,无须再由我来添加什么。在这个世界上,我们都是同一条船上的乘客,从一个未知的港口起航,驶向另一个对于我们来说同样是异乡的港口；因此我们应该以旅伴之谊来相互对待。而我不选择善举，是因为不知道善是什么，也不知道自以为做了什么善事时，这件事到底是不是善。当我施舍的时候，或者试图教育或训导别人的时候，我怎么知道自己或许不是制造了恶？疑惑之下，我只能放弃。

我更愿意相信，帮助或者慈善，在某种情况下也是干涉他人生活的一种恶行。好心是一种心血来潮，我们没有权利让自己即便是人道的或者侠义心肠的一时兴起，使他人成为受害者。施惠总是强加于人的事，这就是我对此大为憎恶的原因。

如果出于道德原因，我决定不对他人行善，也就不要求任何他人对我行善。我最痛恨的事，是自己生病的时候受惠于他人的照看，因为这也是我讨厌对别人做的事。我从不探访病中的朋友。无论什么时候，我在病中被什么人探访，都感到每一次探访都是对我自己选择的隐私，构成了一种不方便的、搅扰的、无理的侵犯。我不喜欢别人给我什么东西，他们似乎是迫使我也给他们一些东西——给他们或者其他的人，而对于他们来说，那些东西完全不重要。

我在一种强烈拒绝的姿态下极为合群。我是但求无害的体现。但是，我仅此而已，我不想超出这一点，也无能超出这一点。面对一切事物，我都感到一种生动的亲柔，一种智慧的关切，不过这统统只是矫情。我对任何事物都没有信仰，没有希望，也没有上帝的悲悯。我没有感受到别的什么，只是反感和厌恶那些各种类型的真诚以及真诚的信徒，还有各种类型神秘主义以及神秘的教友，或许，更不可接受的，是所有真诚者的真诚，还有所有神秘者的神秘。当那些神秘主义者传播福音，当他们试图说服另一个人的知识和意志，去寻求真理或改变世界，我几乎感到一种生理的恶心。

我意识到自己的幸运，不再有任何牵挂，这样我就得以从关爱什么人的职责中解脱，这种职责不可避免地压迫着我。我仅有的怀旧，只是文学性的。童年回忆会给我的眼里注满泪水，但这些泪水闪烁诗韵，一些散文片断正是在泪水里已经得到准备。我把童年当作一些外在于我的东西来回忆，并且通过外在的东西来完成回忆。我只能回忆外在的东西。使我对童年心怀柔情的，不是乡下黄昏的温馨注入我的心灵，而是一些物化的方式：放置茶壶的桌子，屋子里四周家具的形状，人们的面孔和身体的动作。我的怀旧总是指向往日特定的画面。这就是为什么我对自己的童年百般依恋，就像对待别人的童年一样：它们都失落在无边的过去，成为纯粹的视觉现象被我的文学思维所察觉。我感到了亲柔，不是因为我回忆，而是因为我观看。

我从来没有爱过谁。我最爱之物一直是感觉——在我意识视图里记录下来的场景，被我敏锐双耳所捕捉到的印象，外在世界里的卑微之物凭借香水向我开口，述说往日的故事（如此容易被气味所激发）——就是说，它们向我馈赠现实和情感，比那个遥远下午一块烤房深处的烤面包要强烈得多。当时，我参加了叔叔的葬礼，然后走在回家的路上，叔叔是那样的喜欢过我，但不知道为什么，我在回家路上只有一种模模糊糊如释重负的温柔之感。

这就是我的道德，我的形而上学，或者是我自己：甚至在自己灵魂里，我也只是一个黄昏里的路人。我不属于任何事物，也不渴望任何事物。我什么也不是，只是某些非个人感觉的抽象中心，一块有感觉的镜片，虽然从墙上跌落下来,但还是在映照万千世界。我不知道这一切给我带来的是快乐还是不快乐,我对此毫不在乎。

清楚的日记*

我的生活：一出悲剧，仅仅一开场就被上帝们一阵倒彩哄下了台。

朋友：没有。只有少许熟人，他们认为与我还合得来，如果我被一列火车撞倒，或者在送葬的日子里碰上大雨，他们也许会为我感到不安。

对于我从生活中隐退的自然回报，是一种我在别人那里造成的无能为力，即没法对我表示同情。这是一种环绕于我的寒气，是一圈拒斥他人的冷冷光环。我一直

---

* 原标题如此——译者注

避免去体会自己孤独的痛感，而取得精神的区别，使疏离看上去是一个避难所，使我从一切烦恼中获得静静的自由，是如此的艰难。

我从来不相信眼前演示的友谊，就像我不会相信他们的爱，那种爱怎么说也是不可能的。我为此受到伤害的表情，是如此的复杂和细微，尽管我对眼前那些自称为朋友的人从来没有幻想，尽管我一直设法从他们那里去体会幻灭。

我从不怀疑，他们都会背叛我，但他们一旦这样做，我还是一次次感到震惊。甚至我一直期待着发生的事一旦发生，对于我来说，它还是出乎意料。

就像我从来没有在自己身上发现可以吸引另外一个人的品质，我也从来无法相信他人可以感到他们对我的吸引。如同一个卑微傻子想出来的意见，可以被一个又一个事实粉碎——那些出乎意料的事实，居然一直被我信心十足地意料——不总是证明我的胜算。

我甚至无法想象他们以前对我的怜悯情感，虽然我身体笨拙而且让人难以接受，但还没有一败涂地到那种程度，以致要在无法吸引同情、甚至同情明显不存的时候，成为他人垂怜的什么候选对象。也不可能有什么同情会垂顾我的品质，会表达遗憾，因为没有一种对于精神废人的遗憾。这样，我被拉入一片他人盲视的沉陷地带，在那里不愿吸引任何人的同情。

我毕其一生来试图适应这一点，不去太深地感觉它全部的残忍和卑鄙。

一个人需要一种特定的知识勇气，去无所畏惧地承认，一个人不过是人类的一个碎片，一个活下来的流产儿，一个还没有疯到需要锁起来的疯子；但是，承认这一点之后，一个人甚至更需要精神的勇气，使自己完全适应他的命运，欣然接受，没有反叛，没有弃权，没有任何抗议动作或者试图表示抗议的动作。自然已经把基本的灾难降临于他。想要完全浑然不觉就是想要太多的痛苦，因为人性不愿意接受恶，只能承认它就是这么回事，并且把它称之为善，如果你把它当作一种恶来接受，除了受伤之外你别无出路。

我的不幸——一种对于自己的快乐的不幸——藏在我对自己的想象当中。我像别人看我一样，看见自己并且开始讨厌自己，这不是因为我认识到自己的品质理应受到蔑视，而是因为我像别人看我一样看见自己，感受到他们感受中对我的某一类蔑视。我承受自知的羞耻。因为这是一种缺乏高贵的蒙难，不会有日后的复活相随，我能做的一切就是承受它全部的下贱。

我后来明白，只有完全缺乏审美感觉的人才可能爱我，而他们这样做的时候只能被我反感。甚至对我的喜欢，都不过是他人一时兴起的冷漠而已。

让我们清楚地看透我们自己，看透他人是如何看透我们！让我们直面真实！基督钉死在十字架时最后的呼喊向我们传来，他看见了，面对面地看见了他的真实：我的主呵，我的主呵，汝为何弃我？

薄情的礼遇

在我一生中到过的任何地方，在每一种情形之中，无论我在什么地方与人们一起工作和生活，我总是被所有的人视为一个侵入者，至少也是一个陌生人。我在亲人中也如在熟人那里一样，总是被当作外人。我不仅偶尔受到过这样的对待，而且来自他人持续不断的反应，使我确信事情就是这样。

所有地方的所有人待我都很友善。我想，只有很少的人，是这样鲜见那种冲自己而来的大嗓门和皱眉头，是这样稀罕地免遭他人的傲慢和厌烦。但是，人们对待我的一番好意里，总是少了一种倾心。因为那些自然而然向我紧紧关闭心灵大门的人,一次次将我善待为宾客,他们对我的态度,只是一种理当用来对付陌生者和入侵者的小心周到,而入侵者当然命中与倾心无缘。

我确信这一切,我的意思是,他人对待我的态度,原则上已存在于我自己性格中某种模糊不清的内在缺陷里。也许是我交往中的冷漠,无形中迫使他人将我的麻木薄情反射回来。

我与别人熟得很快。我用不了多久就可以使别人喜欢上我。但是,我从来无法获得他们的倾心,从未体验过他们倾心的热爱。在我看来,被爱差不多是一件绝无可能的事情,就像一个完全陌生者突然亲昵地称我为"你这家伙(TU,法语中亲热方式的'你'——译者注)"那样不可思议。

我不知道这一点是否伤害我,也不知道我是否应该将这一点作为我特别的命运坦然接受,把所谓伤害或接受的问题置之度外。

我总想得到快乐。人们对我不冷不热这一点,一次次让我伤心。像一个幸运之神的孤儿,我有一种所有孤儿都有的需要,需要成为别人一片热爱的对象。我时时渴望这种需要的满足。但我已经渐渐习惯了这种空空的饥渴，在很多时候，我甚至无法确定自己是否还能感到饥渴。

其他的人，拥有热爱他们的人。但不会有什么人会考虑一下，把他们的热爱加之于我。对于他人来说，对我，以礼相待就算不错了。

我意识到，自己身上尚有招来尊敬的能力，只是无法引来爱的倾心。不幸的是，我在确证他人的初始尊敬完全正当无误方面毫无作为，到后来，也就根本不会有人再来充分尊重我。

有时候，我以为自己能在受害中取乐。但真实的情况是，我更愿意得到别的什么。

我没有成为领导或者伙伴的合适素质。我甚至没有知足而安的所长，如果其他方面都一败涂地的话，这一所长应是我最后据守的全部。

那些智力平平者，事实上都比我强大。他们在他人那里开拓生活方面比我强得多，在管理他们的知识方面比我更加技艺高超。我有影响他人所需的全部素质，但没有行动的艺术，甚至没有行动的意志。

如果有一天我爱上了谁,我极可能得不到爱的回报。

对于我来说,我所向往之物一一消失,这已经够了。无论如何,我的命运没有强大到足以确证和支撑任何事物的程度,那些事物最为不幸的厄运,仅仅是成为我的向往所在。如此而已。

占有即被占有

这件事与爱无关,是爱以外的事情。

爱的升华,比实际上经历爱,更清楚地照亮爱的表象。这个世界上有一些非常聪明的少女。行动自有所得,但会把事情搞成含混不清。占有就是被占有,然后是失去自己。只有在理念上,一个人才能获取对现实的了解而又不去损害它。

女人是梦想的富矿

纯粹，就是不要一心要成为高贵或者强大的人，而是成为自己。如果你付出爱，你就失去了爱。

从生活中告退是如此不同于从自我中告退。

女人是一片梦想的富矿。永远不要去碰她。

我倾向于把淫逸和愉悦的概念区分开来。还倾向于从不是真正的愉悦那里，而是从理想和梦幻所激发的什么东西那里来得到愉悦。因为那最终成不了什么事：梦幻总归还是梦幻。这就是你务必避免触摸的原因。如果你触摸到你的梦幻，它就会消逝，而你触摸到的物体，将占据你的感官。

看和听,是生活中唯一高尚的事。其他感官则是粗俗和平庸的。真正的贵族意味着从来不触摸任何东西。永远不要靠得太近——这就是高贵。

伪 爱

在我看来,所有的爱都是如此真诚的浅薄。我总是成为一个演员,而且是一个好演员。我在任何时候的爱都是装出来的爱,甚至对我自己也是一样。

不会发送的信件*

我借口你已经出现在我对于你的理念之中,来婉言拒绝你。你的生活 [……]

这不是我的爱,仅仅是你的生活。

我爱你,就像我爱太阳西沉或月光遍地的时候,我想要说什么的那一刻,但是,我想要的不过是占有那一刻的感受。

---

* 原标题如此——译者注

窗　前

　　如果我们的生命只是久久地站在窗前，如果我们仅仅只能待在那里，像一个不动的烟圈，凝固在黄昏一刻——当黄昏用奇妙色彩涂抹群山的曲线。如果我们只能永远待在那里，是多么好呵！这种可能也许微乎其微，甚至是痴人说梦，但如果我们能够就像那样待着，无须任何一个行动，无须我们苍白嘴唇犯下啰唆饶舌的罪孽，那该是多么好！

　　你看，天正在黑下来……绝对的万籁俱寂给我的心里注入狂怒，注入呼吸空气之后嘴里苦涩的余味。我的心在刺痛……远处有一抹烟云缓缓升起，又渐渐飘散……一种无穷无尽的单调,阻碍你进一步的思考……

我们和世界,还有这两者的神秘,这一切是何等多余!

视觉性情人 *

对于深度爱情和它的有效使用，我有一个肤浅而矫饰的概念。我受制于视觉激情，一直把整个心交付给虚拟的命运。

我无法回想自己曾经有过对什么人的爱，胜过对他们"视觉形象"的爱。那种视象不是出自画家之手的肖像，而是纯粹的外表，灵魂的进入只是给它添加一点活力生气。

这就是我爱的方式：盯住一个女人或男人的视觉形

---

* 原标题如此——译者注

象——欲望在那里缺席,性更是毫不相干——因为这个形象美丽,吸引人或者可爱,而且缠绕、束缚以及死死地抓住我。无论如何,我只是想观看而已[……]相比之下,对于一个以外表而显形的人,去做些了解,或者与那个真实的人交谈,实在是不可思议。

我用眼睛而不是用思想来爱。我不会把挥之不去的形象拿来胡思乱想。我不能想象自己还能用别的什么方式与对方相联系[……]我毫无兴趣去发现,那个仅仅以外在形态存在于眼前的造物,到底是什么,做了什么,或者想了什么。

组成这个世界的人和事,在眼前无穷无尽地闪过,对于我来说,这一切是没完没了的一个画廊,其内涵只能让我倒胃口。他们无法让我兴致盎然,这是因为灵魂是一种单调重复之物,每一个人都彼此彼此;人们只有在个人外表上才各别相异,其最好的部分则溢入梦幻,溢入体态风采,而正是这些成为视觉形象的部分,成为我的兴趣所在。

这就是我以纯粹的视觉来体验纷纭万物那些生动外表的方式,就像来自另一个世界的上帝,我对人们的内质和精神漠不关心，只是细究他人的表层。至于要什么深度的话，我无须外求，在自己有关事物的看法中就能找到。

我把自己相爱的造物当作一件饰物，那么对这件东西的独自了解能给我带来什么？可以肯定，不会是失望，因为我对她的爱，既然只涉外表，既然从无其他好奇想象，那么她的愚蠢或者平庸，对于我来说就完全无所谓。毕竟，我对她别无期待，我的兴趣所在的外表则一直就在那里。更进一步说，对一个人的了解是有害的，因为这种了解毫无用处，而在一个物质化的世界里，无用就是有害。

难道知道一个尤物的名字对我来说有什么好？充其量就是我被介绍给她的时候，多一句开场白吧。

了解，本来应该意味冥想的自由，这恰恰是我的爱情观也在渴望的东西。但是，对于我们已经知之甚多的人，我们将失去观看和冥想的自由。

这就如同对于艺术家来说，多余的知识毫无用处，只能搅扰他，削弱他所追求的艺术效果。

我自然的命运，就是成为一个对事物表象和外形散漫而热情的观察者，一个对梦幻的客观观察者，一个对自然界所有形式和形态的视觉性情人。

这不是一个精神病学家称之为心理手淫的病案，甚至不是什么色情狂。我不会像一个心理手淫者，沉迷到想入非非中去。对于我冥想和回忆的美物，我不会梦想成为她的一个情人，甚至一个朋友：我对她完全不会有好奇。我也不会像一个色情狂，把她理想化以后再将其抛到纯粹审美领域之外：我履行自己的欲望和思想，在她那里一无所求，只是让她满足我的眼睛，让我纯粹而直接地回忆起眼中的她。

受累于爱

有一次，我得到过真正的爱。每一个人都好意待我，连完全是萍水相逢的人也发现，他们对我难以粗鲁，或者唐突，甚至冷淡。有时候得到我一点小小的帮助，那种好意——至少是可能的好意，便可能引发出爱或者感动。但我既没有耐心，也无法聚精会神来企图做出相应的努力。

我第一次在自己身上注意到这一点的时候——可惜我们对自己的了解是如此的少——我的灵魂不免为此羞愧。但我随后认识到这不是病态，是感情的沉闷，与生活的沉闷不尽相同。这是一种不耐烦，指向那种把自己与一种持续情感联系起来的特别观念,特别是那种让自己画地为牢千辛万苦的观念。为什么这样烦人?我把自己想来想去。我有足够的细致,足够的心理敏感,知道我该如何做,但为什么要这样做?对这一点,我还是无法把握。我意志的虚弱,总是一开始就成为一种去获得意志的虚弱意志。这样的情况同样出现于我的情感,我的知识,我的意志本身,遍及我生活中的一切。

但是,一次偶然的情况,可恶的命运居然使我相信自己爱上了什么人,还得承认自己真正得到了爱的回报。这件事使我发愣和犯糊涂,如同我的号码中了奖,让我赢了一大笔不能兑现的钱。接下来,因为我也是凡夫俗子,我感觉相当舒坦。然而,最为自然的情绪一晃而过之后,很快就被一种难于界定的感受所取代。这种感受是一个人早已注定了的沉闷、耻辱以及疲惫。

一种沉闷情感,像命运强加于我的一项任务,让我在某个转瞬即逝的陌生黄昏里完成。也像一种新的职责——让人恶心的拉拉扯扯——交给了我,可笑的是,我为这种特权必须劳累不堪,然后还得时常感激命运。似乎无精打采千篇一律的生活,若不再加上这一种特定情感的强制性乏味，就还不足以让我承受。

耻辱么？是的，我感到耻辱。我为此想了一阵，才明白事情很显然，对无可辩解的感受也可做出辩解的。从表面上看，我无疑获得了被爱之爱，可能感觉到舒坦，因为毕竟有人花费时间来考虑我的存在，确认这种存在是一种潜在的可爱之物。但撇除那短短一刻的自鸣得意——而且我一直不能完全确定那种受宠若惊是不是自鸣得意——我心中涌流出来的感受就只剩下一种羞耻。我感到自己错得了一项本该属于别人的大奖，其巨大价值属于那个应该得到它的人。

除了以上所述，我还感到疲惫不堪——比所有沉闷还难受的一种疲惫。只有在这时，我才理解了夏多布里昂（十九世纪法国作家——译者注）写下的东西，而且由于我缺乏必要的自知之明，这些话曾一直让我迷惑不解。他说："人们受累于他们的爱。"我眼下不无震惊地发现，这恰是我的感受，是我无法否定的真理。

被他人爱，被他人真正地爱，是多么累人的事！被其他什么人用感情捆绑起来，作为爱的对象，是多么累人的事！把一个向往自由和永远自由的人，改变成一个受雇的伙计,从而对那些情感交易担负职责,永远架起一种不可解脱的体面姿态,是多么累人的事!

这样一来,那个人对这个人行为里隐伏的居高临下一无所知,更不以为这个人的拒绝其实是人类灵魂能够奉献的最伟大赠礼。在这种情况下,让一个人的存在,成为绝对依附他人情感的东西,让一个人别无选择,只能选择情感,只能有一点点爱,而且不论这是不是一种拉拉扯扯,这是多么累人的事。

在黑暗中,闪念转瞬即逝,在我的知觉和感情里没有留下任何痕迹。它没带给我任何难以从人类生活准则里推演出来的体验,至于一种本能的知识,我有幸成人以后,这些知识便在我内心里与生俱来。它既没给我以后能够伤感回忆的愉悦,也没给我以后在同样伤感回顾中的悲痛。它似乎是我在哪里读到过的什么东西,在哪本小说里,发生在别人头上,而这本小说我只读了一半,另一半正在佚散。我不太在乎另一半的佚散,因为我所读到的已经足够了,不怎么激动我的这一半,已经使全部情节昭然若揭,没有什么东西还需要佚散的那一半来交代。

留下的一切，是对爱我者的感激之情。但这是一种使人迷惑的抽象感激，更多是理智而非情感。我很抱歉，有人会因此而受伤。我对此表示懊悔，但也仅此而已。

看来，生活不会再给我一次机会，让我遭遇自然的情感。我已经彻底地分析了自己的第一次体验，几乎期盼着下一次，只是想看一看，进入第二轮时我会有何感觉。我可能会更寡情，也可能更有情。如果命运注定这样的事情将要发生，那就发生好了。

我感觉到感觉的荒谬。而事实，不论表现成什么样子，都不会使我有荒谬之感。

海　边

这是一些奇异的时刻，一些总算被成功地破碎分离了的瞬间，其时我正在荒凉海边的深夜里散步。在我散步的沉思中，一切使人类可以活下去的思想，一切让人类得以存在的情感，像一种模糊不清的历史简编在脑子里闪过。

我在心里受伤，在心里自伤，每一个时代的渴望和千秋万代的一切骚动，在轰隆隆的岸边奔腾而来。关于人们的力不从心以及在行动中所毁灭的，关于他们灵魂的结局以及敏感灵魂从未被明言的结构部分，全在这个深夜的海岸陪伴我。关于情侣的相互需求，以及妻子总是在丈夫那里掩藏着的真实,关于母亲对孩子从来就缺少的思念,以及偶尔一笑的打发,显得不适时宜或者心不在焉的敷衍——所有这一切都随着散步而涌上心头,又随着摇我入睡的哗哗巨浪之声而缓缓退去。

我们就是我们不是的东西,生命短暂而悲凉。暗夜之下的波涛之声是一种夜祷,有多少人能在心里听到它,长久的希望终于破灭在黑暗中汹涌泡沫的沉闷重击之下!那些失败者是怎样地流下眼泪,那些已经逼近他们大限的人是怎样地流下眼泪!在我散步海边的时候,这一切就像夜的奥秘和地狱的喃喃私语一样向我涌来。我们这么多人,这么多冒牌的自我!在我们生命的暗夜,沿着我们仅仅感觉到情感大潮的海岸,有怎样的大海在我们心中激荡!

那里有我们失去的东西,有我们应该热爱的东西,有我们得到的以及误以为满足的东西,有我们爱上又失去的东西,包括一旦失去我们就发现自己并未爱过、只是因为失去便一直爱下去的东西,包括我们在稍有所感便以为自己信仰的东西,包括一种情绪但事实上只是一种记忆而被当作我们信仰的东西,还有我散步时滚滚而来的整个大海，来自黑暗最深处的寒冷和喧嚣，沙滩上被海浪噬咬出来的精致波纹……

有谁知道它的所思和所愿？有谁知道它对于自己真正的意义？涛声提醒我们这么多的事情，我们是如此欣慰地得知，事情不会永远如此！夜晚使我们回忆起这么多事情，我们不禁为之哭泣，即便它们从来并非真实！像宁静的长长海岸迸发出一道长音，浪涛隆起来，粉碎了，然后消逝，把哗哗水声留在看不见的海岸。

如果让自己感受到这一切，我是否已虽生犹殁？如果让自己漂流，让我一颗无形的人心静如海岸，在我们生活其中的暗夜里，在我沿着海边永无终点的夜祷性漫游之中，听万物之海在大声冲击和溃散之后归于平静，我是否感受得太多太多？

手拉着手

我从来没有入睡：我活着和梦着，或者毋宁说我无论活着和睡着的时候都在入梦，这种梦里也是活。我的意识从不中断：甚至在我没怎么睡或没睡好的时候，还能感觉到周围的一切。我只要正式入睡就马上开始做梦。我是一串若断若续的图像持续不断地展开，总是伪装成外在的什么东西，在我醒来的时候介乎人与光明之间，在我入睡的时候则介乎鬼和黑暗之间。我确实不知道如何把它们一一分清，既不能在醒来时贸然确定自己不是在睡觉，也不能在睡觉时贸然确定自己不是处在苏醒一刻。

生命像什么人绕起来的一个线团。里面的一些感知，可以拆解开来，拉出足够的长度，或者也可以好好卷起来。但是，就像这个线团，问题是没人耐烦地把它绕成一个球，它已经乱七八糟成了一团死结。

我已经梦到自己将要使用的词语，因此我现在已感觉到自己将要写下什么，我的感觉穿过这半睡的夜晚，还有模糊梦境里的风景，还有使梦境更为模糊的窗外雨声。它们产生于空白中的臆测，是地狱之门眨眼之间的颤抖，充满室外淅淅沥沥的连绵雨声，还有耳中风光诸多丰富的细节。希望么？没有。只有一片水淋淋的悲痛，从看不见的天空随风而下。我继续睡觉。

毫无疑问，出自生活的悲剧，是沿公园里一条条大道发生的。有两个人，他们漂亮而且想要使自己有更多变化，爱情在讨厌的遥远未来等待他们，而他们从未感觉到的童年之爱，作为怀旧的内容即将来临。于是，在附近小树林的月光之下，点点滴滴的光斑在树叶间洒落，他们手拉手前行，没有欲望，也没有希冀，穿过一条废弃大道的荒凉。他们简直就像孩子，这恰恰因为他们不是。从一条大道到另一条大道，沿一幅幅剪影般黑森森的树林，他们散步在一片无人区的舞台。他们就这样若即若离，消失在喷泉之外，在柔和雨声之外——而现在几乎已经停止的——是他们正在走入的喷泉之声。

我就是爱情，是他们的爱情，这才能解释，为什么我能够在无眠的夜晚听到他们的一切，为什么我具有一种能力：不快乐也能生活下去。

抱　歉

当我们经常生活在抽象之中——是思想的抽象或是一个人对感觉的思想——都几乎会很快对自己的感觉和意志形成对抗。根据我们的情形来看，现实生活中我们感觉最深的事情都会变成幻觉。

对于有些人来说，我毕竟算得上一个名副其实的好朋友。他病了，或者死了，这种传闻只会给我留下一些羞于感受的印象，模糊、不确定，而且乏味无趣。只有看到事件本身，发现它的状貌就摆在面前，我才会为之所动。太多活生生的印象，对于一个人来说，实际上会侵蚀他想象的能力，特别是想象真实的能力。如果脑子里塞满了事情本来不是，或者无法成为的模样，那么到头来，我们甚至就不能设想事情实际上的样子。

昨天，我听说一个久不见面却常常引起我怀旧之情的老朋友，去医院做了一个手术。我当时唯一清晰而且确定的感受，是不无沮丧，我不得不去看他一下了。与此相关的讽刺性意味是，如果我不能被看望病人这件事给麻烦一下，我又只能为没有这样做而懊悔。

这就是一切……在与幻影搏斗了多少年以后，我终于在思想、感觉以及存在方面成为自己这个样子。虽然我从来不是一个正常人，对正常人的怀旧却进入了我的存在之本。但是，这一点，也只有这一点，是我的感觉的全部。我不会真正对一个去做手术的朋友心怀歉意，也不会真正心怀歉意地对待所有其他去做手术的人，还有所有人在这个世界里的得失和苦乐。我仅仅是抱歉，我居然不知道自己如何成为有所抱歉的人。

接下来的一刻，我不可避免地受制于一种莫名的冲动，不免想起了其他一些事情。然后，似乎在一种神志昏迷中，树叶沙沙之声，还有清流落池之声，一处人间仙境夹杂着我没想去感受以及无法去感受的一切……我试图去感受，但再也不知道如何才能做到。我已经成为一个自己的影子，向这个影子缴出了自己的全部存在。与德国小说里的人物施勒密赫（十八至十九世纪作家冯·沙米索作品中的人物——译者注）不同的是，这不是我卖给魔鬼的影子，而是我的实体。我的受害是因为我没有受害，是因为我不知道何为受害。我是一个活人吗？或者我的活着仅仅是伪装？我是睡着了还是已经醒来？

一阵轻轻的风，带来炎热天气里的凉爽，使我忘记了一切。我的眼皮感到了愉快的沉重……我想象那同一颗金光灿烂的太阳，正徐徐落在一片我不在场的田野，而且是并不希望自己在场的田野……

一片巨大的寂静从城市喧闹中弥漫开来……多么的轻柔！

但是，到底有多轻柔？也许我并无真正的感觉。

也许有心灵的科学

有时候，我喜忧参半地想，在未来有可能创建一门有关我们自己意识的地理学。就像我想到的，未来有关感觉的历史学家们也许有能力，把他们对待严密科学的态度，化为对待自己心灵意识的态度。这同时意味着，我们是这一艰难艺术领域里最早的创始者，因为直到现在，它毕竟仍然仅仅是艺术，是感觉的化学，在学术的意义上还被人们知之甚少。

明天世界里的科学家，对于自己的内心生活将有一种特别的敏感。他们将创造出必要的精密仪器来分析自己。这种从思想中分析出钢或者铜的仪器，制作起来我看不会有太大的困难。我的意思是，它们确实是钢或者铜，然而是用精神冶炼而成。也许，这就是真正制作它们的方式。这样做的必要性在于，我们每提出一种观念，就能凭借一种精密仪器对此前的观念做出物理学的观察，严格分析它的过程。很自然，对于把精神转化为某种在四周空间中得以存在的物理事件，这也是十分必要的。所有这一切都取决于，我们内心感觉的一种伟大精髓，就像在空间中存在的物质事物，在其限度之内，将在我们名副其实的空间里得到揭示或者创造——即便事实上它与一件物体的存在大为异趣。

我还不太知道，这种内在的空间是否确有其他空间的另一种维度。也许未来的科学研究会发现，物理性的也好，心灵性的也好，在共同空间里的一切事物都各有维度。在一种维度中我们生存如肉体，在另一种维度里我们生存如灵魂。也许有一种另外的维度，让我们可以从中体验到自己同等真实的另一面。

有很多次了，我乐于让自己随着这种漫无边际的冥想而心驰神往，看这种研究到底能领我走出多远。

也许，他们还会发现我们叫做上帝的东西，明显呈现在另一个层面，即非逻辑的层面，亦即脱离空间和瞬时性现实的层面，而这正好是我们诸多存在方式之一，是我们在另一种维度存在里体验自己的诸多方式之一。这一点不是完全不可能的，不会让我绝望。而梦想呢，也会成为另一种维度，我们生活其中，甚至可以把两种维度在此交合。比如，一个身体在长、宽、高的空间里存在，谁知道呢，也许我们的梦则可以在存在于空间的同时，又存在于自我和某一个理念世界。它们的物性表现在空间里，而非物性表现在理念世界里，其扮演的角色对于自我来说，像是自己一个似曾熟悉的方面。甚至每一个人的"我"，也可能有另一种神性的维度。

这一切问题当然都是非常复杂的，但毫无疑问，期以时日都可望得到解决。今天的梦幻者也许都是未来终极科学的伟大前驱，我信奉的任何终极科学都无法与之相比。

但我们眼下对这样的事还无所作为。

很多时候，我像人们从事真正科学工作那样，以一种可敬的审慎周密全神贯注，提出这样一些玄虚之念。

正如我说过的,我力所能及的程度不过如此。重要的事情是我自己决不能对这一切过于自得,因为对于科学严谨性的准确公正来说,自得即偏见。

荒　诞

最痛苦的感受，最刺心的情绪，也是最为荒诞的——比如，向往某事恰恰是因为此事绝无可能，比如，对从来没有的东西百般怀念，比如，对一直拥有的东西百般欲望，还比如，有一个人深深苦恼于他不是别人，或者一个人洋洋得意于世界实实在在就这么回事。这一切心灵意识的中间色调，创造了我们内心一种粗略图景，一轮太阳永远落在我们视野之下。然后，我们自己的感官成为深夜里的一片荒原，幽暗的芦苇虚掩无舟的野渡，两岸之间的江流渐渐地由暗趋明。

我不知道，这些感受是不是无望所带来的慢性疯狂，是不是我们经历过的前世所留下来的某种追忆——混沌而杂乱，像梦中的零星所见。它们在眼下看来当然荒诞，但最初出现的时候，在我们不知其然的时候，却并非那样。我不知道，我们是否一度是另外一些生命，其伟大的全貌直到今天才为我们略有所知；我们是否是我们留下的一些幻影，正在自己居于其中的幻影里，在脆弱的两维想象里，失去自己的三维固体属性。

我知道，这些情绪产生的思想在心灵中熊熊燃烧。与它们相连的事物不可能被想象，与它们在幻象中相遇的事物，其本质不可能得到发现。所有这些沉沉地压在一个人身上，就像一个受到判决的人，不知道判决来自何方，来自何人，并且是依据什么。

但是，这一切留下了生活的苦涩及其所有表现形式，留下了对它所有欲望和方式预定的疲惫，对所有感受的无名烦恼。在隐痛的某些瞬间，我们甚至在梦中也不可能成为一个恋人或者一个英雄，甚至无法快乐。四野茫茫，连关于空的观念也是空。对于我们来说，一切都是用我们难以领会的另一种语言说出来的，仅仅是一些回响的音节，无法在我们的理解中激发回应。生命、心灵以及世界,皆为虚无。所有的上帝在一次比一次更彻底的死亡中死去,所有的一切比真空还要更加空空如也。这是一种空无的躁动。

如果我想一想,环视周围,看现实是否会熄灭我的渴望,我会看见莫可名状的房子,莫可名状的脸,莫可名状的动作。石头,身体,观念——所有一切都已经死去。所有的运动都是静止的另一类型,所有的一切都被死寂之手掌握。对于我来说,无,意味一切有。一切看上去都是陌生的,并不是因为我发现它们新奇,而是我不知道它们是什么。世界已经失去。在我灵魂的深处——瞬时的现实只是——一种强烈的、看不见的疼痛,一种黑屋子里抽泣之声的忧伤。

破产者

一段又一段,我把自己写下的所有东西重新慢慢地读个清楚。我发现这些都毫无价值,不写的话也许要好得多。完成或者收获任何东西,不论其对象是一个帝国或者一项判决,对于所有现实事物来说,都含有最糟糕的意义:它们只会消灭我们的知觉。但是,当我慢慢重读这些纸页的时候,发现它们并不是我的所感,也无害于我所创造的东西。要说有害,就是它们不值得写,我耗费时间从而取得的这一切,现在让自己大梦初醒般地明白:当初就不值得写。

为了追求一切,我们出于野心这么做了。但是,要么是我们未能实现自己的野心，因此更加可怜；要么是我们自以为已经实现了野心，成为高贵的疯子。

我恼火的是，连其中写得最好的部分也很糟糕，其他人（如果他们存在，或者在我梦中存在）一定能把它写得更好。我们在生活和艺术中做的一切，只是对我们构想之物的一种不完美复制。无论外在和内在的哪个方面，它都背叛了理想的完美。它不仅仅失之于事情应当被做成什么的尺度，而且也失之于事情能够被做成什么的尺度。我们内外皆空，是期望和许诺的破产者。

我当时是在何处找到自己孤立灵魂中的力量，一页又一页地写下孤单？一个又一个音节地在魔幻中活下来？而且在魔幻中把自己想象的写作当作了自己的写作？是什么样讽刺性的拼写巫术，使我自信是一个骚人墨客，居然在灵感飞扬的一刻诞生，文思如涌，心手难应，就像对生活的侵凌给予狡诈的报复？在今天的重读之下，我看见了自己的珍宝物被捣毁，烈焰吞下茅草，留下一地灰烬，就这样世上本无一物……

一本自传的片断*

我先是投身于形而上的冥思，然后是科学观念，最后转向社会学理论。但是，在我追求真理的各种台阶上，我发现没有任何一处可以使自己感到安全或者释然轻松。我在这些领域涉猎不深，但所有读过的这些理论，虽然立论基础环环相扣引人折服，还是让我疲于看见它们的矛盾，它们无一例外都是或然之论，选择一些特定的事实用来代表似乎全部的事实。如果我从这些著作里收回疲惫的目光，把无可依傍的注意力惊讶地投向

---

* 原标题如此——译者注

外部世界，我便看见一点，并可以据此否定所有这些阅读和思考的效用，可以一点一点摘除这些甘苦之言的所有花瓣。这一点就是：事物无限的复杂性，无可穷尽的总和［……］

即使一个人意欲创建的一门科学只需少许事实，这里面也有无限的不可穷尽性。

活在死之中

我们是死者。我们思之为生活的这种东西,只是真正生活的睡眠,实际上是我们的死亡。

死就是新生,死者并不死。这些词对我们来说含义统统颠倒。当我们以为自己活着的时候,我们已经死了;而我们死了的时候却活着。

存在于睡眠和生活之间的关系,同样是我们称之为生活和我们称之为死亡之间的关系。我们睡着了,生活便是一个梦,这不是在隐喻和诗歌意义下的说法,它确实是一个梦。

我们在自己碌碌生活中视为重要的一切,都参与死亡，都是死亡。理想不是生活远远不够的一份供认又是什么？艺术不是对生活的否定又是什么？一具雕塑是一具僵死的身体，雕刻家不过是一心在把死亡固化成不可腐烂的物体。甚至，愉快这种似乎使我们沉浸于生活中的东西，在事实上我们都沉浸其中的东西，也是对我们与生活之间关系的一种破坏，是死亡的阴森之影。

生活是生活的死，因为每一个我们享乐其中的新日子，都是我们生命失去的另一个日子。

我们是人的梦，是一些流浪的幻影穿越虚幻的树林，而这些树是我们的房子、居所、观念、理想以及哲学。

我从来没有找到过上帝，也从来不知上帝是否存在！从一个世界到另一个世界，从这种化身到那种化身，我们总是被同样的幻象所护理，总是被同样的错误所宠幸。

从未找到过真实和平静！也从来不知如何与上帝相会！我们从来没有获得过彻底的平静，与此相反，倒是一再受扰于有关什么是平静的解说，还有我们对平静的渴求。

无所谓

对我现在的精神做出界定,其最好的标签恐怕就是"无所谓"的创造者。没有任何其他的东西能胜过我在这个世界喜欢的角色:教育别人越来越多地感受自己,越来越少地遵从集群的力学法则。

以精神苦行来教育他人,预防恶俗的传染病,看来是我的最高命运,使我愿意成为一个内心生活的教师。我所有的读者,都可以一点点地——就像课题要求的那样——学会如何在批评的聚焦之下,在他人的意见之前,感觉出完全的无所谓。这样的一种命运,能使我学术传播中的生命获得足够回报。

在我这里，缺乏行动能力总是形成一种根源于形而上的煎熬。按照我体验事物的方式，任何动态总是暗含外部世界的一种不安，一种残破；我总是害怕，在我这一方的任何举动都会搅得世界天崩地裂。这就是为什么哪怕最小的什么动作，其形而上的重要性，都会对我迅速构成一种极不寻常的重要性。我获得了一种看待行动的至诚，自从我感觉到这一点以后，它就禁止自己与这个有形世界产生任何强有力的联系。

一种有关无所谓的美学 *

在任何对象那里,梦者试图感觉的都是十足的无所谓,它们像对象本身一样来自梦者内心的激发。

如何迅速而本能地知道,从一切对象和事件那里抽象出仅仅适合做梦的材料,如何给任何包含外部世界的现实留下心死,这就是智者内求于己的东西。

智者从来不去牵肠挂肚地注重一己之感受,而且能把暗淡无光的胜利,提高到这样的高度,即能够以无所谓的态度看待一己之雄心、追求以及欲望;历经喜乐哀

---

* 原标题如此——译者注

愁却无动于衷，兴趣索然，仍然平常自立……

一个人能够获取的最高自律，是无所谓地对待自己，相信自己的灵魂和肉体不过是房子和花园，命运规定了一个人必须在此度过一生。

一个人对待自己的梦幻和内心欲望，应当有一种伟大主宰无所谓的随意傲慢［……］连最高级的精巧也表现在对它们的无视之中。一个人在自己的主宰之下应当有谦卑之感，应当明白在我们的呈现之中，我们从来并不独立，我们是自己的见证。这一点重要性在于，我们总是把自己的行为，看成眼前的一个陌生者，采取研究的和冷静旁观的态度，因为高贵而无所谓，因为无所谓而淡然处之。

为了防止自己的卑行出现于我们眼中，我们应当习惯于不再怀有雄心、激情、欲望、希冀、冲动以及碌碌执迷的感觉。有这一条就足够了。为了实现这一条，我们必须记住，我们总是处于自己的呈现之中，我们从不独立，从不悠闲自在。我们必须驾驭所有的激情或雄心，因为激情和雄心使我们失去自我保护；同样，我们也断断乎不能培育欲望或希冀，因为它们只是一些低下而有失体面的行为；我们绝不能臣服于突然冲动或碌碌执迷，因为在他人眼里，仓促之举是鲁莽，急不可待永远是粗俗。

一个贵族是这样的人，他总是意识到自己从不独立的事实；这就是规范和礼仪总是自然而然属于贵族的原因。我们必须成为内在化的贵族。我们必须把他们从他们的亭台楼阁里拖出来，取代我们存在的意识和灵魂。让我们对待自己总是不失规范和礼仪，总有这样的举止，使他人能够在一旁的研究和受用中获益。

我们每一个人都是整整一个社会［……］这样的话，起码可以给我们生命的城区带来一种特定的优雅和荣耀，可以确保我们感官所举行的庆典，显示出良好品位和自我节制［……］而我们思想的盛宴，便能显示出清醒的谦恭有礼。让其他灵魂在我们周围建造他们可怜而肮脏的棚户吧，但是我们得清楚地标志出我们的区域四界，确保我们的房屋从正面直到我们不便示人的私室深处，一切都是高贵的、安详的，铭刻庄重和严谨。我们必须为每一种情感找到最为安详的表达范本，把爱情减弱，仅仅成为爱的梦影，一种在月光下两轮微小光波碰撞时苍白而颤抖的内向衍生；我们必须把欲望制作成虚幻而无害的东西，一种灵魂细微而私密的微笑；把它制作成一种甚至从不考虑要宣称自己存在的东西，根本不要去认识它。我们必须把憎恨当作一条犯迷糊的蛇那样哄着入睡，只是在它眼中安排恐慌，保留痛苦，就像在我们灵魂的眼中，仅仅为一个唯美主义者保留合适的表达。

无　为

对世界的统治始于我们对自己的统治。统治世界的，既不是忠诚，也不是不忠诚。统治者是这样一些人，他们以造作和不由自主的方式，在自己身上制造出一种真正的忠诚；这种忠诚构成他们的力量，闪闪发光，使他人的虚假忠诚黯然失色。一种自我欺骗的杰出天才，是政治家们最起码的素质。只有诗人和哲学家才对世界有一种现实的洞察，因为只有他们才能给予人们消除幻觉的礼物。

越是看得明白，就越会无为。

革自己的命

整整寂寥的一天，充满阳光和温暖的流云，居然被什么地方发生革命的消息给搅了。无论这些消息是真还是假，它们总是使我有一种特别的不安，有一种讥嘲和生理不适的混合之感。有些人以为他们可以通过政治鼓动来改造一切，真是使我头痛。我一直把任何形式的暴力，视为人类愚笨品质一种特有的疯癫范例。一切造反者都像所有的改良者那样愚笨，尽管后者要少一些挫败，因此更要等而下之。

革命者和改良者都犯了一个同样的错误。他们缺乏力量来主宰和改变自己对待生活的态度——这是他们的一切，或者缺乏力量来主宰和改变他们自己的生命存在——这几乎是他们的一切。他们逃避到改变他人和改变外部世界的向往中去。革命和改良都是一种逃避。征伐就是一个人没有能力与自己搏斗的证明，改良就是一个人完全无助的证明。

如果一个人真正敏感而且有正确的理由，感到要关切世界的邪恶和非义，那么他自然要在这些东西最先显现并且最接近根源的地方，来寻求对它们的纠正，他将要发现，这个地方就是他自己的存在。这个纠正的任务将耗尽他整整一生的时光。

对于我们来说，一切事物存在于我们对世界的概念之中。改变我们对世界的概念，意味着改变世界，这就是说，世界从来都只是我们感知的世界，不会是别的什么。正义的内在感觉，让我们写下美丽而流畅的一页，这就是我们给自己感觉麻木的生活带来真正的改革——这些才是真理，我们的真理，唯一真正的真理。其余一切则不过是风景，是框定我们感觉和束缚我们思想的图画。

情况总是这样的，无论风景里是充满着多少五彩缤纷的人和事——田野、房子、公告以及套装——还是色彩黯然的图画里仅有单调的灵魂偶尔浮现,发出陈腐的短语或者草率而疲乏的行动,这一切最后还是只能重新沉回深渊,回到所有人类表现中根本性的愚笨。

革命?变化?我灵魂中每一丝每一毫最为向往的,是缓缓的流云布满天空,忽聚忽散。我想要看到开始显现于白云之间的蓝色,那是一个明亮而清澈的真实,因为它什么也没有,什么也不需要。

死者的自由

自由是孤立的可能性。只有你离开了人们，感到无需为了钱，或者为了合群，或者为了爱情、光荣甚至好奇去追寻他们，你才能获得自由——那些事情没有哪一件可以得到宁静和寂寞的滋养。如果你不能一个人活着，你就是命定的奴隶。虽然你可能拥有精神和灵魂的一切优越品质，你仍然不会比一个高等奴隶或者一个知识苦役强多少，你仍然没有自由。但这不是你的悲剧，因为这一类与生俱来的悲剧不是你的，而是属于命运。不幸降临于你，是生活的重荷本身使你成为奴隶。不幸降临于你，你生来自由并且具有自食其力和独自生存下去的能力，贫困还是迫使你进入他人的公司。这个悲剧是你独自一人的，必须由你独自一人来承担。

生来自由是人最伟大的品质，是淡泊隐士得以高于君王，甚至高于上帝之所在。君王和上帝的自足，不过是依靠他们的权力，而不是依靠他们对权力的蔑视。

死亡是一种解放，因为人死后一无所求。死亡使可怜的奴隶总算有幸摆脱了他所有的愉快和悲伤，还有他如此期望的安稳生活。死亡使国王总算摆脱了他不愿舍弃的统治，使无偿奉献爱情的女人们总算摆脱了她们如此倾心的征服。这些人总算胜利地从人生命定的征战中摆脱了出来。

死亡以罕有的华丽装束，包裹可怜而荒诞的尸体并且使之高尚。在这里，你才有了一个自由的人，即使我们得承认这不是他追求的自由。一个人在这里有了不再为奴的自由，虽然他为失去奴隶生涯而哭泣。作为一个人的国王，在这里也才变得十分可笑，他过去唯一辉煌的东西，居然只是他的王号，他凭借王号才成为至高无上的存在，正像他眼下看上去无论怎样怪异，但凭借一死同样成为至高无上的存在——死亡使他自由。

我累了，关上我窗子的百叶板，为了自己的片刻自由而拒绝世界。明天，我将要回到一个奴隶的生存，但是现在，我独处一人，无需任何人，唯恐可怕的什么声音和什么人前来打搅，我有自己的小小自由，我得意的片刻。

坐在自己的椅子里，我忘记了如此压抑的生活。我仅有的痛感，是自己一度感觉过痛。

梦想的本钱

读了这本书前面一部分的任何人,想必都会形成一个观念,以为我是一个梦想家。如果事情是这样,那他们就错了。我没有足够钱财来成为梦想家。

巨大的忧郁,还有愁肠百结,其实只有在一种舒适气氛和整洁的豪华中才能够存在。于是文豪 P·埃加尔斯坐在他祖传的古老城堡里,长时间沉浸于他病患式的冥思,远远离开了人间烟火运行其中的大堂,不露声色和形迹的管家,在那里为他组织衣食及其他家务。

伟大的梦想也要求特定的社会环境。有一天,被一种笔下的哀婉情调紧紧抓住,我想象自己成了另一个夏多布里昂，但使我猛然惊醒的是，我意识到自己既不是一个子爵，也不是一个法国布列塔尼人（夏多布里昂出生于法国的布列塔尼——译者注）。在另一个场合，我似乎注意到自己的词句与卢梭稍有相似，但用不了多久，我就看出，我没有成为一个贵族或郡主的优越，而且既不是瑞士人，也不是一个浪子（卢梭出生于瑞士日内瓦富族，后经历过近二十年的流浪生活——译者注）。

当然，世界毕竟也存在于这里的道拉多雷斯大街，甚至上帝也在这里确保生活之谜持续呈现。这就可以说明，为什么类似木轮车和包装箱的风景，虽然贫贱不堪，我设法从车轮和木板上抽取的梦境却让人敝帚自珍，它们是我拥有的，我能够拥有的。

毫无疑问，其他地方会有真正的日落。但即便在城市之上这间四楼的斗室里，一个人也可以遥想无限。一种建立在仓库顶上的无限，同样是真的，有点点繁星在头上闪耀……这就是出现在脑子里的思考。眼下我正站在自己高高的窗台前，看黄昏缓缓地终结，对自己身非富翁自觉不满，对自己未能成为一位诗人自觉悲哀。

现代社会是牺牲品

我所属的这一代,生于一个任何人的知识和心性都缺乏确定性的世界。上一代人的消解性工作意味着,在我们出生的时候,世界已经不能使我们把宗教视为安全的提供,把道德视为支撑,把政治视为稳定。

我们诞生在一种极为痛苦的状态里,这种痛苦是形而上的和道德的,也是政治的动荡不宁。前辈们醉心于外部规则,仅仅掌握理性和科学,就毁灭了基督教的信仰基础,因为他们从文本转向神秘学的《圣经》解释,削弱了真理,把犹太教徒们早期的神学,削弱成一本虚构的神话和传说的选本,使《圣经》变成了纯粹的文学。他们的科学批评，逐渐发现了福音书上原始"科学"的所有错误和广泛智慧，与此同时，辩论自由也取消了对一切形而上命题、包括对宗教问题给予追究的限制。在一种他们称之为"实证主义"的含糊理论影响之下，几代人批评一切道德，详细查究生活的一切尺度。教条崩溃了，留下的只是不确定性，以及对不确定性的痛苦。很自然，一个文化基础如此混乱的社会，不可能不成为政治混乱的牺牲品。于是，我们梦醒的世界，渴求社会变化，快乐地前进以追求自由，然而自由的意义不可理解，一种进步的观念从未得到过清晰的界定。

当我们父辈以严厉批评，使我们不再可能成为基督徒，他们也同时给我们留下了所有可能性的丧失。当他们给我们留下对一切现存道德规则的不满，却没给我们留下道德和生活尺度的替代物。当他们留下处于不确定状态中的诸多政治问题，却没留给我们相应的精神去解决这些问题。我们的父辈好心地毁灭了这一切，因为他们生活在一个这样的年代，这个年代仍能指望和借重一些完整性的过时碎片。他们毁灭的一切，还足以给社会注入力量，让他们去从事毁灭，无须注意墙垣的嘎嘎分裂。

但我们继承了破坏以及破坏的后果。

在现代生活中,世界属于愚蠢、麻木以及纷扰。在今天,正确的生活和成功,是争得一个人进入疯人院所需要的同等资格:不道德、轻度狂躁以及思考的无能。

客栈留言

我生在这样一个时代，绝大多数年轻人对上帝失去了信仰，大约是出于同样原因，他们的老一代笃信如故却不知道是为了什么。就这样，因为人类精神自然地趋向于批判，也因为这种批判更多地出自感觉而不是思考，绝大多数青年选择了人道主义，作为上帝的替代品。然而，我属于这样一类人，总是处于他们所属阵营的边缘，以便不仅能看清他们身陷其中的拥挤，还能看清自己与他人的距离。这就是我没像他们那样全心全意放弃上帝的原因，也是我没把人道主义当作替代品加以接受的原因。因为不大喜欢，我把上帝视之为仅仅是可能存在然后可以用来崇拜的东西，而人道主义呢，不过是一种生物学观念，它并未指明什么，不过是指明了人类种群自身，与其他任何动物一样都值得崇拜。这种人类膜拜及其"自由"和"平等"的仪典，总是像一种古代迷信的复活，在那种迷信之下，动物都成了上帝，或者上帝都长了动物的脑袋。

这样，不知道如何信仰上帝，也无法去信仰成群的牛马牲畜，我像所有边缘人一样，还是对一切事物保持有距离的态度，一般来说，这叫做"颓废"。"颓废"就是无意识的完全缺席，因为无意识是生命的重要基础，这种缺席就像心脏能够想象自己跳动的停止。

对于像我这样的人来说，对于少数像我这样视生若梦的人来说，除了把放弃当作一种生活方式，除了把沉思当作命运，还能有什么？无视宗教生活的意义，也不能通过理性来发现意义，对抽象概念的人无法建立信念，甚至不知道如何处理这件事，我们所能保留的全部，作为一位灵魂拥有者的正当证明，只有对于生活的美学沉思。这样，对世界的庄严性麻木不仁，对人类的神圣和卑贱无所区别，我们把自己虚妄地交给了茫然的感觉主义，再交织享乐主义的一种精致形式，以适应大脑皮层的神经。

我们从科学中仅仅获得了它的核心定律，即一切事物都服从彼此对立之法，不可能有什么独立的运动，一如所有的作用都有反作用。在我们的观察之下，这一法则与古代其他更多有关事物神圣天命的法则十分吻合。像虚弱的田径运动员放弃训练，我们也放弃斗争，从真正博学者的全部周密注意，转向全神贯注的纸上感觉。

我们无法认真对待任何事情，而且相信在我们的感觉之外，我们没有被赋予任何其他的现实，我们只能在感觉中定居，在感觉中开发，就像它们是一片未被发现的伟大土地。我们勤奋的工作，不仅仅在于美学冥思，而是为这种美学的方式和结果寻找表达，因为我们写下的散文和诗歌，在剥夺欲望方面，影响其他人的本能，改变其他人的心智。它们已经成为这样一种东西，似乎人们大声诵读它们，就能使阅读的主观愉悦，得到客观性的强化。

我们知道得太清楚的只是，每一件作品都注定是不完美的，一切审美的玄想，都会比我们写下的审美玄想更多一些可靠性。一切事物都不完美，没有落日，无论如何可爱的落日也只是落日；也没有轻柔微风抚慰我们入眠，它无法抚慰我们进入静静的甜蜜梦乡。于是，如同充满玄想的群山或者雕像，我们把日子当作书本一样来深深思考，所有这一切梦想，力图把梦想转化为我们近切而熟悉的东西，转化为我们太愿意写下的描写和分析。一旦写下来，它们就将成为我们能够欣赏的异生之物，就像它们刚刚风尘仆仆地抵达这里。

这不是诸如维尼（十八至十九世纪法国浪漫主义小说家和诗人——译者注）一类悲观主义者的思想，对于他们来说，生活是一座监狱，他们在其中靠结草度日。做一个悲观主义者，意味一个人要把生活看作悲剧，采取一种夸张而且让人不舒服的态度。说实话，我们在自己生产的作品里，没有置放任何价值的概念。说实话，我们生产作品只是为了打发时间，但我们这样做，并不像囚犯靠结草来分散自己对命运的注意力，而是像一个小女孩绣枕套以自娱，如此而已。

对于我来说，生活是一个小客栈，我必须待在那里，等待来自地狱的马车，前来召唤并且择我而去。我不知道马车会在什么地方带走我，我什么也不知道。我能够把这个客栈看成一座监狱，因为我被限定待在那里。我也能够把它看成一种类似俱乐部的场合，因为我在那里遇到了其他人。不管怎么样，我不像其他人，既没什么焦躁，也不见得十分合群。我离开这些人，离开这些把自己关在房间里无精打采的人，躺在床上难以入眠茫然等待的人，我离开了这些人，离开这些在客厅里窃窃私语的人，声音嗡嗡不时传来的人。我坐在门口，用耳目吸吮门外风光的一切色彩和音响，缓缓唱起了一支模糊不定的曲子，这只是一支唱给自己的歌，是等待时的创作。

　　大夜将降临我们每个人的头上，马车将要来到。我享受微风，那是灵魂赐予我的微风，供我宁静时享用。我没有更多的疑问，眼中也没有未来。如果我在来客留言簿上写下什么，有一天被他人读到，并且给他们的旅途助兴，那就不错了。如果没什么人读到，而且没有读到它的人因此而少一些扫兴，那也很好。

宗教以后的幻象

我们这一代人继承了对基督教信仰的不信任，也造成了一种对所有信仰的不信任。我们的前辈仍感到一种信仰的冲动，于是从基督教转向其他幻象形式。有些人热心于社会平等，另一些人纯粹爱上了美，还有一些人在科学那里安顿信仰并且从中受益。与此同时，还有另一些人，甚至包括不少基督教徒，起程远赴东方和西方，寻找其他宗教来填补自己的意识和生活，似乎不这样做的话，意识和生活就会一片空虚。

我们失去了所有这一切，生来就是这一切慰藉的弃儿。每一种文明都有宗教的亲缘外貌，以宗教来代表自己：于是追随另一种宗教，就是丧失最初的宗教，最终也就会丧失所有的宗教。

我们失去了自己与其他一切人的宗教。

我们留下了每一个人对自己的放弃，在疏离之中仅仅知道自己还活着。一条船看上去是一件用物，其目的之一是用于旅行，但它的真正目的不是用来旅行，而是抵达港湾。我们发现自己身处高高的海浪之上，却对我们将要投奔的港口一无所知。于是，我们提出了淘金者大胆格言的痛苦版本：跋涉就是一切，生活是没有的。

失去了迷幻，我们靠梦想而生活，这些梦想是迷幻者们无法得到的迷幻。我们靠自己独自活下去，弱化自己，因为一个完整强健的人几乎感觉不到自己。我们没有信仰，也就没有了希望，而没有了希望，我们就没有真正的生活。我们没有对未来的考虑，就没有对今天真正的考虑，因为对一个人来说，今天的行为只是未来的一则序言。战斗精神已在我们身上流产，我们生来就没有战斗热情。

我们中的一些人，还纠缠于日复一日愚蠢的征服，为每天的面包而卑下粗俗地争斗，却不愿为得到这些面包而付出劳动，不愿体会其中的艰辛，不愿有收获的高尚。

另一些人有更好的家世，总是避开公众生活，无所求也无所谋，试图扛起生命中忘却苦难的十字架。然而，不像是十字架最原初的扛负者，他们的意识里只有一种徒劳的努力，缺乏神性的闪光。

另一些人则在他们的灵魂之外忙碌，给自己增添混乱的迷信和喧嚣，他们以为自己还活着，因为他们能够被他人耳闻；他们以为自己还爱着什么——在他们仅仅只是在爱的外墙上大碰钉子的时候。生活伤害了我们，因为我们知道自己还活着。死亡没给我们留下地盘，因为我们对死亡失去了所有正常的关注。

但是另一些人，最后的人，临终一刻面对精神的边界，甚至没勇气完全放弃一切，没勇气在自己身上寻求避难。他们生活在否定、不满以及疏离之中。但是，我们都只能生活在自己的内心，甚至无须任何行动。在我们自己房间的四壁之内，在我们无能行动的囚室四壁之内，我们长久地关门闭户。

读　报

读报的时候,总是被报上某一美学观点弄得心痛,这也是一种道德上的痛感,哪怕对于一个不常在意道德的人来说,也是如此。

一个人读到战争和造反的时候——总有这样或那样的事件在进行——这个人不会感到恐怖,只会感到索然乏味。所有死者和伤者的残酷命运,同样死去的人们,无论是战神或旁观者,都以牺牲给人们心头带来极度沉重;但这是一种牺牲生命的愚蠢,是占有完全无用之物的愚蠢。所有的终极目标和野心,都不过是一些饶舌者的胡言乱语。没有一个帝王的重要性,比得上哪怕一个孩子的玩具被毁；没有一个终极目标的重要性，比得上哪怕是一辆玩具列车的破损。帝王真的有用么？终极目标真的能让人们受益？一切行为都来源于人性，而人性从来是老样子——可以改变，但没法完美，有所摇摆，但不会进步。

这种不可赎回的事态，给予了我们。这种我们被给予了的以及在我们不知道时不知道如何失去的生活，给予了我们。这些在社会生活中构成生存斗争的一万次棋局博弈，给予了我们……一个明智者能做的，只是乞求安息，乞求不得不思考生活（就像不得不生活这一点还不够）之后的一个暂缓，乞求一个充满阳光和开阔视野的小小空间，至少，山那边什么地方的梦境是安宁的。

爱情是习惯套语

我们从来未爱过什么人。我们只是爱自己关于何许人可爱的观念。我们爱自己的观念,简言之,我们爱的是自己。

这是任何一类爱的真理。在性爱中,我们通过另一个人的身体媒介,寻求自己的愉悦。在非性爱中,我们通过自己已有观念的媒介,寻求自己的愉悦。手淫者也许是一个可怜虫,但据实而论,他是表现合乎逻辑的自爱者。只有他才既不伪饰,也不自欺。

一个灵魂和另一个灵魂之间的关系,通过交流语言和打手势这样不确定以及歧义丛生的事物来表达。这种特别方式，使素昧平生的我们相互了解。当两个人都说"我爱你"的时候（或者念想，或者交流情感），每一个人都意涉不同的什么，意涉不同的人生，甚至可能是抽象的总体印象中某一点不同的色彩和芳香——这种印象构成了灵魂活动。

我今天头脑清醒，好像我已经完全死去。我思想裸露如一个骷髅，解脱了对交际幻象的情欲包装。这些我起先构想然后放弃的考虑，没什么根由，完全没什么根由，至少与我意识深处存在的任何东西不相干。也许，我们这些职员与一个姑娘外出后体验到的失望爱情，无非是一些来自爱情事务报道的习惯套语，来自本地报纸对外国报纸的照搬重印；无非是我体内一种隐隐的恶心，我尚未设法给予生理排除。

关注维吉尔（古罗马著名诗人——译者注）的评论家错了。完全可以理解的是，我们上述所有的感受都使人疲惫。生活，意味着不要思考。

动物的快乐

我从来没有大声宣布过自己信赖动物们的快乐，除非有时候，我将其用作一种套路，来言说对这种假定性感受的支持。成为快乐者，必须知道自己是快乐的。一个人从一场无梦的好睡中得到的唯一快乐，是醒后知道自己无梦地睡过了。快乐存在于快乐之外。

没有知觉，就没有快乐。但对快乐的知觉带来不快乐，因为知觉一个人的快乐，就是知觉这个人已经度过了快乐，随之而来的，必是无奈曲终人散。身处快乐之中，就如同身处任何事局当中，知觉毁灭一切。然而，没有知觉又不可能存在。

只有黑格尔不惜笔墨，设法让两方面绝对同一。在感受或者生命的动能当中，存在与非存在之物从来不会混淆或者被混淆；通过一些相互转化的综合过程，两件事依然保留相互的排斥。

那么，一个人该怎么办？在疏离时刻，如同自己是生物体并且快乐一时，在这一刻感受快乐，甚至对自己的感觉毫无所知，完全不知此身何身，不知今夕何夕。用自己的感受来封锁思想［……］

这就是我在今天下午相信的东西。到明天早上，事情可能又会有变，因为到明天早上，将会有另一个不同的我。明天我将会成为哪一类信奉者？我不知道。因为我如果需要知道那一点，我就需要身处彼时彼地。关于明天或今天的事，甚至我眼下信奉的永恒上帝也无法预知，因为，我在今天是我，到明天或许就不再存在。

无法兼得

我们在生活中的前景，是我们更多地诚服于两种矛盾的真理。

第一件是，面对生活的现实，所有的文学虚构和艺术相形见绌，哪怕它们确实能给我们提供高于生活的愉悦，但也毫无意义。事实上，它们像一些梦幻，使我们得以体验到生活中从来没有的感受，魔变出生活中从来没有的图景；但它们只是梦幻而已，一个人从中苏醒之后，不会有记忆或者怀旧的愿望，更不会奢望从今往后据此过上一种高级生活。

第二件是，所有高尚心灵都希望过上一种充实的生活，希望体验一切事物和一切感受，包括知道地球的每一个角落。由于不可能做到这一点，因此生活只可能有主观性的满足，必须放弃什么都占全的大胃口。

这两个真理互相不可化约。聪明人将竭力避免去调和它们的尝试，也竭力避免在它们之间厚此薄彼。然而，他将不得不深感懊丧，或是懊丧于在二者之间择一而从，不能同时兼顾另一选择，或是懊丧于不能把这两项都给予干脆的拒绝，从而使自己向某种个人的涅槃圣境高高升华。

快乐的人，在生活对他的自然给予之外别无奢求，几乎遵循一种猫的直觉，有太阳的时候就寻找太阳，没有太阳的时候就找个暖和的去处将就。快乐的人，在想象的趣味中放弃生活，在对别人生活的冥想中寻找乐趣，不是体验对他们的印象，而是体验这些印象的外在状貌。快乐的人，已经放弃自己的一切，于是不再有所失落或者有所减少。

乡下人，小说读者，清教苦行主义者：他们是真正快乐的人，因为他们完全放弃了自我——首先，他们靠直觉生存，而直觉是非个别化的；其次，他们通过想象来生活，而想象是转瞬即逝的；最后一点，他们虽生犹殁，因此就没有死亡，没有休眠。

没有什么能满足我，没有什么能抚慰我，一切——不论存在还是不存在——都使我深感厌腻。我既不需求灵魂，也不希望将它放弃。我欲望自己并不欲望的东西，放弃自己从未放弃的东西。我既不能成为一切无，也不能成为一切有：我只是一座桥，架设在我之所无与我之所愿之间。

重读自己

人类心灵的全部生活，只是在依稀微光中的一种运动。我们生活在意识的晨曦之中，无法确定自己是什么，或者确定我们以为自己是什么。即便是我们当中的佼佼者，也存在对某些事物诸多自以为是的感觉，存在一些我们无法测定的谬以千里。我们碰巧处于一出戏剧的幕间休息，有时候，透过特定的门洞，我们得以窥探台上场景是何模样。整个世界如夜晚的声音，混沌不清。

我刚刚重读了这些纸页，上面是我清清楚楚写下的文字，将要存在到它可能存在到的时限。我问自己：这些是什么？这些是为了什么？我感受自己的时候我是谁？我是自己的时候又有什么东西在我心身中死去？

像一个高高立于山巅之人，试图弄明白山谷里的人们及其一切纷纭驳杂的生活，我俯瞰自己，像遥看一片模糊不清的风景。

在这样的时刻，当我的灵魂陷入地狱，以致一个最小的细节都可以像一纸悼词，使我惊悸不安。

我感到自己总是处在一次苏醒的前夕，在最后一种让人吐不过气来的昏乱关头，在一个充当我的外壳里拼命挣扎。我要叫喊，似乎觉得任何人都能听到我的声音。但是，我所有的感受只是极度疲惫，像流云一样，一阵又一阵地袭来，像阳光将尽之时的形状，像辽阔牧场上的绿草若明若暗。

我独自抓瞎式地忙于寻找一件东西，而这件东西从来没有人向我描述过。我们跟自己玩捉迷藏的游戏。我相信在某个地方，有这一切的超验理性，一些可耳闻而无法目击的流动的神力。

是的，我重读这些纸页，它们代表空虚的时光，安定或者幻觉的瞬间，化入风景的伟大希望，房间从无人迹般的恐怖,一点点声音,一种极度困乏,以及尚未写就的真理。

在有些事情上,任何人都是虚妄的。我们每个人的虚妄,包括我们忘记了别人也像我们一样有灵魂。我的虚妄包含在零星纸片里,零星短章里,特定的怀疑之中……

我说过我重读这些纸页么?我在说谎。我根本不敢去读它,不能去读它。我该怎么办?这些纸页简直是另外一个人,我再也无法理解……

死

不知为什么,我有时感到一种死的预感向自己逼近……也许,这只是一种模模糊糊的生理不适,因为它尚未表现为痛感,趋向于精神化的形态;或许,这只是一种需要睡眠的困乏,困乏之深以至不管睡上多久也没法将其缓解。这种确切无疑的感觉,使我似乎到了生命最后一刻,在一个逐渐恶化的病程之后,已经让自己在没有暴力或者忏悔的情况下,无力的手久久停歇于床单,然后滑落下来。

我在这时不免迷惑,这是不是我们叫做死的东西?我的意思,不是指那种无法参透的神秘之死,是指停止生命的生理感觉。人们虽然含糊其辞，但生来都怕死。一般的人结束得较为轻松，因为他们在生病或衰老之时，对恍惚之下发现的地狱，很少投注惊恐一瞥。这只是一种想象的缺乏，就像一个人只是把死亡想象成睡觉。如果死亡与睡觉毫无共同之处，那么死是什么？据我所知，至少，睡觉的起码特征是一个人可以从中苏醒，而一个人从来不可能从死亡中苏醒。如果死亡就像睡觉，我们应当有一些关于死而后醒的概念。这些概念显然超出一般人的想象：他们只是把死亡想象成无法从中苏醒的睡觉，问题是，这种想象完全没有意义。

我要说的是，死亡并不像睡觉，因为入睡的是活人，只不过是眼下暂眠一刻。我不知道应该把死亡比作什么，因为一个人无法体验死亡，无法体验任何一件哪怕是可以与其勉强相比的东西。

当我看见一个死者，对于我来说，死亡似乎是一次分别。尸体看起来像是什么人遗留下来的一套衣装。衣装的主人这时已经离去，不再需要穿上它。

时　间

我不明白时间是什么。我不知道世界上有何办法，能最真实地测量时间。我知道用时钟测量时间的办法并不真实：它只是从外部把时间作空间性的分割。我也知道靠情感来把握时间不真实：这不是分割时间，只是分割对时间的感觉。梦的时间当然也纯属错误：我们在梦中滔滔流逝的时光，一会儿光阴似箭，一会儿度日如年，而我们现实体验的时间既不快也不慢，它仅仅取决于时光流逝的特定方式，取决于我不能理解的时间本性。

有时候，我认为一切事物都是虚幻，时间仅仅是用来环绕这些事物的一个框架，从而使其异变。在我对过往生活的记忆中，时间总是在荒诞的设计之下安排出荒诞的水准，以致在我的一段生命里，一个十五岁少年老成的我，比起另一段时光里的我，即坐在诸多玩具当中的婴儿，还要年轻。

当我想起这些事，我的意识便渐入困惑。我感觉到这一切往事中出了差错，尽管我不知道这个差错在什么地方。就像我正在观看一种魔术，我已经察觉了这是一场骗局，已经感觉自己正在受骗，只是一时无法弄明白骗招的技术和机关何在。

接下来，我脑子里闪念纷呈，虽然荒谬却让我无法全部拒绝。我很想知道，一个人在速行的汽车上缓缓地沉思，他是在速行还是在缓行？我很想知道，一位投海自杀者，与一位仅仅是在海边跳水者，实际上是否以同样速度下落？我很想知道，这三件事是否同时发生——我抽烟，写这些片断，还有思考这些荒诞不经的念头——真是同步进行的吗？

一个人可以想象，同一个轴上的两个转轮，总有一个转在另一个之前，即使它们只有毫发之差。一架显微镜会将这一错位，放大到难以置信和似无可能的程度，亦即不真实的程度。那么，为什么显微镜不能证明出我们弱视所及之外，更为真实的东西？这些仅仅是我的胡思乱想？当然是。这些仅仅是我的一些思想迷幻？当然是，它们确实是迷幻。

那一个没有尺度却测定我们的东西，甚至并不存在却灭杀我们的东西，到底是什么？在这样的一些时刻，在这样一些我甚至不能确定其存在着的时刻，我体验拟人化的时间，然后感到自己昏昏欲睡。

荒谬的怀恋

假如有一天，我碰巧有了一种无忧无虑的生活，有世界上写作的所有时间和发表的所有机会，我知道我会怀恋眼下这种飘摇不定的生活，这种几乎没有写作而且从不发表什么的日子。我的怀恋，不仅仅是因为这种普通的日子一去不返，不再为我所有，而且是因为在各种各样的生活中，都有各自特别的品质和特别的愉悦，一旦我们走向另一种生活，哪怕是走向更好的一种，那特别的愉悦就会泯灭，特别的品质就会枯竭。它们总是在人们感到失去它们的时候消亡。

假如有一天，我扛着自己意愿的十字架，走向最后受难之地，我知道自己还会发现另一种受难寓于其中，我会深深怀恋自己以往无所作为、黯然无色、不无缺憾的日子。我将以某种方式灰飞烟灭。

我感到无精打采，打发乏味的一天，在一个几乎空旷的办公室里，折腾特别荒唐的事务。两位同事病了，另一位今天刚好不在。我身边也没有那个办公室的小伙计，他在房间远远的对面那一端。我在怀恋将来某一天感受到怀恋的可能性，却不在意这种怀恋看上去会多么的荒谬。

我几乎要祈祷上帝，让我待在这里，就像把我锁在保险箱里，以逃避生活的苦难和欢欣。

我是自己的伪装

自上一次动笔,我又过了这么长一段时光!在这些日子里,我在犹豫的放弃之中度日如年。像一个荒芜的湖泊,在虚拟不实的风景里纹丝不动。

这一段时光中各别不同的单调里,在一成不变的岁月中,在纷纭多变的过程里,简单地说,生活在身边流逝,在身边欢快地流逝。我对这种流逝的感受,与我睡觉时的感受并无二致。我像一个荒芜的湖泊,在虚拟不实的风景里纹丝不动。

我经常无能认识自己,我是那些自知之明者当中的一个偶然……我观察自己生活其中的各种伪装,这些外形变来变去，而我依然故我，我做的很多事都毫无成效。

在我的内心深处，我像是卷入了一次内向的旅行，我记得乡间房屋那变化的单调……我就是在那里度过自己的童年，但是，即便我想说，我也不能说，那时的生活是否比今天的生活更多或者更少一些快乐。生活在那里的那个人不是我，是另外一个：这两个人是不同的生活，互不相干，不可比较。但从内质来看，从两者外表上毫无疑义的两相异趣来看，他们共同的单调似乎倒是有些相似。他们是两种生活，却是同一种单调。

但是，我为什么要回忆？

出于疲乏。

回忆是休息性的，因为它不卷入任何行动。为获得一种深层的休息之感，我是多么愿意经常回忆从来也没过的事……

我如此彻底地成为自己的一个虚构。在这样的时刻，任何自然的感觉一旦产生（我应当体验这样的事情），立刻就成为想象性的感觉——回忆成为梦幻，梦幻成为梦的遗忘，自我认识成为自我审视的一种缺乏。

我已经如此彻底地脱除了自己所有的存在,这种存在是自己的衣装。我只是自己的伪装而已。当环抱我的一切渐渐消失,那是我从未见过的金色霞光,洗涤我从不知晓的落日。

可怕的少作

有一次,我发现自己大约十五年前用法文写的一段文章。我从未到过法国,与法语也从无密切联系,因为我从来不曾操作自己用不来的语言,所以法语于我,渐渐有些生疏。今天,我已经老了,阅历较深;重拾法语时想必有所进步。但眼前这一个来自遥远过去的段落,在法语的用法上,竟有一种我今天已经缺乏的真切有力,风格上也有一种我现在造语时已经罕见的流畅。整个章节,整个句子以及词组的转折,都显示出一种我丢失了、甚至从来不知自己有过的浩浩荡荡。如何解释这一点?我在什么地方被自己盗用了名义?

我知道，提出一种让写实和写意如何流畅起来的理论，让我们理解自己是生活的内在流动，想象我们是多重人格，想象世界正在流经我们的身体，想象我们一直有多形多面的性质……这一切都足够容易。但是，还有另外的问题，总是在这里继续让人不解：不仅是什么个性都有它自己的两面；问题是这里有一个绝对的他者，有一个异己的存在，居然属于我。

随着老之将至，我将要失去想象、情感、一种特型的知识、一种感觉的方式，所有这一切痛感都可以让我见多不怪。但是，当我阅读自己写下的东西，居然觉得这是陌生人所写，这时到底发生了什么？我能够站在什么样的海岸，俯瞰沉在海底的自己？

在另外的情境里，我发现了一些自己无法回忆其写作过程的章节，这些章节并不太让我惊讶，但是连我也无法回忆出写下它们的可能，倒是足以惊吓我。某些特定的词组，完全属于另一种思维方式。就像我发现了一幅旧的肖像，明明是我自己，却显示出另外一个人完全不同的身材，那诸多不忍辨认的特征，竟然无可置疑地一直属于我，真是让人恐慌。

新作原是旧作

有关我的一切都正在消失。我的整个生活，我的记忆，我的想象及其内涵，我的个性，一切都正在消失。我持续地感觉到自己是另外一个人，就是说，我像另外一个人那样感觉和思考。我在一出戏剧里出演于不同的场景，而正在观看这一出戏的就是我。

有时候，在自己一些文学作品的平庸堆积之中，在各个抽屉胡乱堆放的纸片里，我把自己十年或十五年前写下的东西，随意扫上一眼。它们中的一部分，对于我来说似乎是出自一个陌生人之手，我无法从中认出自己的当年。有一个人写下了它们，而这个人就是我。一个是我的人，在另一种生活中感受它们，而我现在从这种生活里苏醒，就像从另一个人的梦里醒来。

我经常找到自己在非常年轻时写下的东西，一些自己年方十七或年方二十写下的短章。其中一些，有一种表达的力量，我无法回忆当年自己何以能够这样。还有一些特定的词组、特定的句子，写就于我完全乳臭未干之际，看上去却像我眼下的手笔，得到过岁月流逝和人生历练的指教。我认识到自己依然故我，而且还经常想到，从我的现在来看，我较之过去的我想必已今非昔比，但我困惑于这种进步所包含另一点，即当年的我，与现在的我，居然并无二致。

这当中有一种神秘，在蚀灭和压迫我。

仅仅是几天之前，我把几年前写的一篇短文看了一眼，自己着实吓了一跳。我知道得太清楚了，我关于语言（相对的）的反复打磨，仅仅从几年前才开始，然而我在一个抽屉里发现一段自己很久以前写下的纸片，它竟然标记了同样的语言审慎。我真是无法理解过去的自己了。我总是争当一个我早就如此的人，事情是这样么？我怎样才能在今天知道我在昨天所不可知道的自己？

一切正在消失于我失落自己的一个迷宫里。

我让自己的思绪漂流，说服自己相信，我正在写的东西，其实早已由我写就。与柏拉图有关感知的看法没有关系，我回忆，我请求，装扮成我以前的那一部分我，还给我另一种更加闪闪烁烁的回忆，另一种关于先前生活的印象，而那一切事实上就是我现在的生活……

亲爱的主，我充当的这个人到底是谁？我身上到底有多少个人？我是谁？在我和我自己之间，究竟存在怎样的沟壑？

罗马王高于语法

今天，在一个感觉的空隙，我把自己使用的散文形式想了一会儿，简单地说，我想一想自己如何写作。像很多其他人，我有不当的欲望，企图建立一个系统和一套准则，使自己区别于任何他人——尽管直到现在，我的写作总是还未达到需要这样一些系统和准则的程度。

然而，当我在这个下午分析自己的时候，我发现自己跟随一些古典作家的足迹，风格系统基于两个原则，使这两个原则成为所有风格的一般基础：首先，所言必须准确地表达所感——如果事情清楚，就必须说得清楚；如果事情模糊，就必须说得模糊；如果事情混乱，就必须说得混乱。第二点，明白语法是一个工具而不是一种法律。

让我们假定一下，我看见眼前一个相当男孩子气的姑娘。一个普通的人会这样说："这姑娘看起来像一个小伙子。"另一个普通人，对口语和言语的区别更为在意，则会有另一种说法："这个姑娘是一个小伙子。"再换一个人，同样对表达规则颇为在意，但是对简洁更有所好，便会说："他是一个小伙子。"至于站在另一立场的我，则会说："她是一个小伙子。"在这里，我就违反了语法规则的要素，违反了人称代词和名词在属性上应该统一的要求。然而，我应该是对的。我说得直截了当，直观如视，超乎常规，冲破了一切平庸的准则。我不仅仅是在造出词语，而是在说话。

用于界定规范的语法，造成的分割有时候是合理的，有时候是错误的。比方说，它把动词分割成及物和不及物的两种，然而，一个明白此理的人一旦进入口语，常常不得不把及物动词作不及物地使用，反之亦然——如果他要准确传达他的感受，而不是像大多数人形动物那样，仅仅是含糊其辞了事。如果我想把自己的存在，作为一种个别的心灵来谈一谈，我会说："我是我。"但如果我想把自己的存在，当作一个导引和建构自己的统一体，要谈一谈这个统一体内部的演进和自我创造的神性功效，我就不得不发明一种及物的形式，非语法，然而有成效地说出这至高之象："我存在我。"我在这三个小词里表达了一整套哲学。这不是比那些滔滔不绝的空话更为可取么？一个人舍此还能对哲学和语言有更多的要求？

只有那些对自己所感无法思考的人，才会拘泥语法规则。而一些知道如何表达自己的人，可以把这些规则用得轻松快意。曾经有一个故事，是说西格蒙德的。他是罗马帝王，在一次公众演讲时犯了一个语法错误。在旁人给他指出来后，他对这个人说："我是罗马之王，因此高于语法。"在历史的传说中，他后来便以"语法之上的"西格蒙德而闻名。

这是一个相当精彩的象征！任何人，只要他懂得如何言说自己真心想说之事，以他特有的方式，都是一个罗马王。这是一个不坏的称号，而且是实现"存在你自己"的唯一之道。

语言政治

我乐于运用词语。或者说，我乐于制造词语的工作。对于我来说，词语是可以触抚的身体，是可以看见的美女，是肉体的色情。也许，因为我对实际的，甚至梦幻或思想中的色情无所兴趣——欲望便质变为我对语言韵律的创造，或者对别人言说中语言韵律的倾听。我听到有些人精彩言说时，我会发抖。弗阿尔荷（十九至二十世纪葡萄牙自然主义小说家——译者注）或夏多布里昂笔下的特定章节，能使生命在我的血管里震颤，以一种不可企及却已备于我的愉悦，使我静静地、哆嗦地发狂。更有甚者，维埃拉（十七世纪葡萄牙著名作家，见前注——译者注）写下的某些片断，以他符号关系工程的全部惊人的完美性，使我如风中的树枝般战栗，经历某种情绪的眩晕错乱。

像所有伟大的恋人，我享受失落自己的愉悦，一个人可以在这种愉悦里，全身心地承受屈服的开心。而这就是我经常写作甚至不假思索的原因。在一种外化的白日梦里，让词语把我当作一个坐在它们膝头的小姑娘抚慰。它们仅仅是无意义的句子，是水流的缓缓漂移，如同一缕细流，忘我地混同和消失于波涛，又一次次再生，永无止境地后浪促推前浪。观念和意象，表达的颤抖，就是这样从我身上流过，一束丝绸瑟瑟作响飘逝的过程，月光中一片闪烁不定的观念碎片，斑驳而微弱。

我不会为自己生活中的得失而哭，但某些散文的章节，可以让我怆然下泪。我记得，仿佛就是昨天夜里，我挑出维埃拉的选集，第一次读到他关于所罗门国王的著名一节："所罗门建造了一座宫殿……"我一直读到结尾，浑身颤抖并且神思恍惚，然后，突然欢欣地大哭起来。没有任何现实的快乐，也没有任何生活中的悲伤，可以激发我这样的泪流。我们清晰而尊严的语言具有神圣的韵律，以言达义的浩浩荡荡，惊涛裂岸一般无可阻挡，每一个声音都以惊心的韵律获得了理想的色彩：所有这一切，像某种伟大的政治激情，使我本能地陶醉。就像我说过的，我哭了。今天，回忆起这件事的时候，我还在哭泣。这不是对童年岁月的怀旧，我对童年没有怀旧：这是对瞬间情感的怀旧，是我第一次能够阅读伟大的交响式精湛之作时不可重复的痛楚。

我没有政治感或社会感。但是，从某种意义上来说，我有一种渐趋高昂的爱国情感。我的祖国就是葡萄牙语言。如果有人侵占和夺走葡萄牙语言，即便他们与此同时对我个人并无侵扰，这件事依然会令我伤心。我满腔仇恨所向，并非那些写不好葡萄牙文的人，或者那些不知葡萄牙语法的人，或者写作中使用新式简化词法的人。我所憎恨的，是一纸葡萄牙文的贫乏写作本身，就像它是一个活人；我所憎恨的，是糟糕的语法本身，就像它是一个值得痛打的家伙；如同憎恨一个恶棍无所忌惮射出的痰块，我所憎恨的，是偏爱"Y"甚于"I"

的现代词法本身。①

词法就像我们一样,是一个生命体。一个词,在人们看到和听到的时候才得以完成。而对于我来说,希腊\罗马拼写语的壮丽,给这个词披上一件真正的皇家斗篷,使这个词成为我们的女士,我们的女王。

---

① 葡萄牙的现代文字改革中,新的词法建议用"I"代替很多单词中的"Y",作者笔下的索阿雷斯对这一点极为不满。

假面世界

如果有一件生活赐予我们的东西,是生活以外的东西,是我们因此必须感谢上帝的东西,那么这件礼物就是我们的无知:对我们自己的无知,还有互相的无知。人的心灵是一个浓黑的地狱,是一口从世界地表怎么也探不到底的深井。没有人在把自己真正弄明白以后,还能生出对自己的爱意,因此,如果没有虚荣这种精神的生命之血,我们的灵魂便要死于贫血症。

也没有人能对他人真正的知根知底,因为,假如我们一旦这样做了,如同成为这些他人的母亲、妻子或者儿子,我们就会发现,在我们面前的每一个对象里,形而上之敌正深藏其中。

我们聚到一起的唯一原因，是我们相互之间的一无所知。对于一切快乐的夫妻来说，如果他们能看透彼此的灵魂，如果他们能相互理解，一如罗曼蒂克的说法，在他们的世界里安全地相依为命（虽然是无效废话），事情会怎么样？这世界上，每一对婚配伴侣其实都是一种错配，因为每个女人在属于魔鬼的灵魂暗处，都隐匿欲求之人的模糊形象，而那不是她们的丈夫；每个男人也都暗怀佳配女子的依稀倩影，但那从来不是他们的妻子。最快乐的事，当然是对这些内心向往的受挫麻木不仁。次一点的快乐，是对此既无感觉，又并非全无感觉，只是偶有郁闷的冲动，采取一种对待他人的粗糙方式，在行动和言词的层面，听任隐藏着的魔鬼，古老的夏娃，还有女神或者夜神偶尔醒来作乱。

一个人的生活，是一个长长的误解，是不存在的伟大和不能够存在的快乐之间的一种中介。我们满足，是因为即便在思考或感觉的时候，我们有能耐不相信灵魂的存在。在作为我们生活的假面舞会上，我们满足于穿上可心的衣装，它们毕竟是事关跳舞的要物。我们是光线和色彩的奴隶,把自己投射到旋舞之中,如同假面的一切就真是那么一回事——除非我们独自待在一旁,并且不去跳舞——我们对室外浩大而高远的寒夜一无所知,对残破不堪褴褛衣衫之下的垂死之躯一无所知,对所有事物都一无所知——每逢独处之时,我们相信自己起码可以成为自己,但是到头来,这不过是一种对真实的个人戏仿,而这种真实不过是对自己的想象。

我们的一切所为或所言,我们的一切所思或所感,都穿戴同样的假面,穿戴同样的艳装。无论我们脱下多少层衣物,我们也不会留下一具裸体,因为裸体是一种灵魂现象,是再也没有什么可脱的状态。这样,身体和灵魂都衣冠楚楚的我们,带上我们贴身如华丽羽毛的多重装备,过完上帝给予我们的短暂时光,过完我们享受其中的快乐或不快乐(或者压根儿忽略了我们的感受到底是什么),像孩子们玩乐于最初始的游戏。

有一些人,比我们中的一些人更自由,或者更可恶,他们突然看见了(虽然只是一孔之见)我们的一切并不是真实,看见了我们在何谓必然的问题上欺骗了自己,在何谓正确的判断上犯下错误。而这一些个人之见，刹那间洞察了世界裸像，随后就创造出一套哲学，或梦幻出一种宗教。哲学在传播，宗教在扩展，这些相信哲学的人穿上哲学，就像穿上一种隐身外衣；这些相信宗教的人把宗教戴上，就像戴上一个他们忘记自己一直在戴着的假面。

就这样，我们对自己和他人视而不见，因此能与他人快乐相处。我们被交替而来的舞曲和寒暄紧紧抓住，被人类的严肃和碌碌无为紧紧抓住，合着司命群星伟大乐队的节拍起舞，承领演出组织者们远远投来的轻蔑目光。

只有他们，才知道我们是幻象的奴隶，而这些幻象是他们为我们制造的。但是，产生这些幻象的原因是什么？为什么这一个或那一个幻象得以存在？为什么他们要选择这些哄骗我们的幻象强加于人？

这一切，当然，甚至他们也不知道。

镜　子

人不能看见自己的脸。没有比自视嘴脸更为可怕的事了。自然造化给人的礼物，就是人无法看见自己的脸，也无法对视自己的眼睛。

人只能在河流或湖泊的水面，看到自己的脸。在这里，他不得不采用的姿态，甚至是极有象征意义的：他必须弯腰，向自己鞠躬，以便为看清自己脸面这一自辱行为而谢罪。

镜子的发明毒化了人类灵魂。

双重说谎

人类全部需求中最为基本的一项，就是坦白，就是忏悔。这是灵魂使自己向外开放的需求。

完全正确，但忏悔，唯有忏悔还使你有点不以为然。忏悔是大声说出你所有的秘密，使你的灵魂从它的重压之下解放出来；但你吐露的秘密，如果从未被你说出的话，事情可能会更好。对自己说谎，比坦白真情要强。因为表达自己总是缘木求鱼，是你感受自己和表达自己的双重说谎。

御座与皇冠

清净无为是我们面对万事万物的安慰,而有所作为并不是我们的伟大供养者。想象的能力从来就是一切,永远不会把我们导向行动。除非在梦里,没有一个人可以成为世界之王。然而,如果我们说句实话,我们每一个人都有号令世界的欲望。

不能成为什么,但能想象什么,这是真正的御座。不能要求什么,但能欲望什么,这是真正的皇冠。任何由我们放弃的东西,都会由我们完整无缺地保留在自己梦中。

格言几则[*]

明确的占有，固定的看法，直觉，激情，以及定型和可辨认的性格，所有这些都有助于把我们的灵魂造就成一件可怕的事实，造就成它的物化和外化。生活是一件甜蜜的事情，是我们对一切东西采取视而不见顺其自然（这是保证生活能切合明智态度的唯一道路）的态度。

人们在自己和他物之间自动调节的一种常备能力，

---

[*] 原标题如此——译者注

显示出最高等级的知识和洞明。

对于我们自己来说，我们的个性甚至都是无法看透的：这就是为什么我们的职责就是不断梦想，包括梦想自己，不可能对自己持有什么定见。

我们特别要避开别人对我们个性的侵犯。任何他者对我们的兴趣，都是一种无可比拟的粗俗。谨防每天的招呼语"你好吗"成为一种不可饶恕的侵凌，唯一的事情就是应当看出，一般来说，这句话事实上完全空洞且缺乏诚意。

爱仅仅是对独处的逐渐厌倦：于是，爱就是我们对自己的怯懦，再加上我们对自己的背叛（我们不再施爱这一点，真是至关重要）。

给别人一个好建议，是对这个人犯错误的能力，表现出一种毫不尊重的态度，而这种能力是上帝赐予的。更进一步说，他人与我们应当保留在行动上各行其是的优越。向他人索取建议,唯一可能的理由,是我们随后干起来时恰好可以与他人的建议南辕北辙。在这个时候,我们才知道自己确实是自己,在行动上与属于他者的一切格格不入。

格言几则（续）

乡村就是我们不在的地方。在那里，只有在那里，才存在着真正的黑夜、真正的树林。

生活是一个叹号和一个问号之间的犹豫。在疑问之后，则是一个句号。

奇迹是上帝懒惰的一个迹象，或者：我们无视这种懒惰，更愿意把奇迹归因于上帝的创造。

上帝是化身，代表我们永远不可能成为的东西。

对所有假设的厌倦……

人的区别

革命派在资产阶级与人民之间、在贵族与人民之间、在统治者与被统治者之间，勾画出来的区别，是一个粗糙而严重的失误。人们能够描述的真实区别，只存在于社会的顺从者与非顺从者之间；剩下的区别，则只存在于文学和劣质文学之间。顺应社会的乞丐，明天可以成为帝王，只不过是丧失了他作为一个乞丐的立场。他还可以越过边境，丧失他的国籍。

这个想法，在这间沉闷办公室里安慰我，办公室尘封的窗子正对一条无精打采的街道。这个慰藉我的想法，使我拥有如同兄弟的意识世界的创造者们——天马行空的剧作家莎士比亚，教育大师 J·密尔顿，流浪者但丁……甚至，如果允许我提到的话，还有耶稣本人，他在世界上是如此微小，以致有些人怀疑他的历史性存在。此外，则是另一个不同的繁育种群——议员歌德，上议员雨果，国家首领列宁以及墨索里尼。

暗影里的我们，置身于组成人类的杂役小伙计和理发师中间。

在这一边，坐着显赫的国王，光荣的霸主，辉煌的天才，耀眼的圣者，实权的人民领袖，妓女，预言家，还有富人……而在另一边，则坐着我们——来自街头的杂役伙计，天马行空的剧作家莎士比亚，讲述故事的理发师，教育大师密尔顿，店铺帮手，流浪者但丁，这些死神要么将其忘记要么将其惠顾的人，这些生活已经将其忘记或者从未将其惠顾的人。

万物无灵

气象构成了事物的灵魂。每一样东西都有自己的表现模式，而所谓表现其实均为体外之物。

每一件东西都有三大要素，集中起来便可显示这个东西的外形：一种材料的量；我们了解它的方式；还有它存在的气象。我现在写作用的这张桌子，是一些木头，是这间房子里家具中的一件。我对这张桌子的印象，如果要得到转述，就必须加上各种各样的概念：它是用木头做的，我把它叫做桌子，特定的用途和目的，使它获得属性，这一切反映或者插入事物之中，使其获得外在的精神呈现。事物就是利用这一切，实现了自己的转换。色彩是被给予的,色彩有消退的方式,木结疤和裂缝犹在,所有这一切你都会注意到,都是从外部而不是从它内在的木质着眼,这些就是赋予它某种精神的东西。而精神的内核,它之所以是一张桌子,它的个别性,同样是外加而生的。

这样,我以为这不仅仅是一个人类或文学的错误,不仅仅是我们把具有一颗灵魂的属性,赋予了那些我们称其为非生命体的东西。成为一件东西,就是成为一种属性。说树在感觉,说河在奔走,说一片落霞令人肝肠寸断,或者说宁静的海(并非从来就蓝得像天空一样)在灿烂微笑(因为太阳在上面照耀),也许都是荒唐。但同样荒唐的,是给一个事物加上美,加上色彩、形式,甚至还有它的存在。海是一些咸水。落霞不过是阳光从特定经度和纬度的消失。在我面前玩耍的小孩,是一些细胞组成的智能团体,但也是一个由亚原子运动所组成的限时之物,是一个在显微镜观测之下,如太阳系万千星体,奇异的电子球体。

一切事物都由外而生,甚至人的灵魂,也不过是闪闪阳光对粪堆表面的投照,而那粪堆才是人之躯体。

对于那些强大得足以从中得出结论的人来说，这些思考含有一整套哲学的种子。而我不是那样的人。关于逻辑哲学专深然而朦胧的想法，于我飘忽而过，消失于一道金色阳光的景象之中。阳光闪烁在石头墙那边的一个粪堆上，那个粪堆似乎是一些暗黑、潮湿、杂乱的草料。

这就是我的状况。当我想要思索，我却观看。当我想要走出自己的灵魂，我却会突然失神落魄地止步，在陡峭的螺旋阶梯上刚走出第一步，就远望顶楼的窗子，看见金褐色的阳光在楼顶弥漫消散。

文章写我

我总是把形而上学视为一种潜在性疯狂的延后形式。如果了解真相，我们就会明白这一点。其他任何东西都只是一些空洞的系统和虚幻的圈套。我们应满足于自己对世界缺乏理解能力。理解的欲求使我们活得不大像人，因为，当一个人，就是要明白人是不能理解什么的。

他们给我带来信仰，就像一个包好的包裹，放在别人的托盘上。他们希望我接受它，但不得打开它。他们给我带来了科学，像一柄搁在盘子上的利刃，以便我用它把空无一物的典籍切割成碎片。他们还给我带来了怀疑,像一个盒子里的尘土,但如果这个盒子里只有尘土,有什么必要给我?

我写作,因为我缺乏知识。我根据某种特殊情绪的要求,使用别人关于真理的华丽词语。如果这是一种清晰而不可改变的情绪,我就说出"上帝们",然后用一种多重世界的意识来与其相符。如果这是一种深层的情绪,我就自然说出单数的"上帝",然后用世界单一性的意识将其确定。如果这种情绪是一种思想,我就再一次自然而然地说出"命运",于是让命运像一条流动的河,受到河床的制约。

有时候,为了落实词语的韵脚,文章会需要"上帝们"而非"上帝";在另外的时候,"上帝们"(THE GODS)提供一个词组中两个词的音节运用,也会让我语言性地改变宇宙。或者还有这样的时候,相反的情况也会出现,一种内在韵律的需要,一种情绪的震荡和韵律的滑动,也许会破坏平衡,是多神主义还是一神主义的问题,需要在造句的瞬间相机而定,并且一旦定下来就非它莫属。

上帝纯粹是文风的一种效果。

更大的差别

很多人提出了关于人的定义,一般来说,他们总是比照动物来界定自己。这就是为什么他们经常在这样的界定中使用句子:如"人是一种……动物",再加上一些合适的形容词;或者用"人是一种动物,而这种动物……"之类的句子,引导出人属于哪一类动物的解释。

"人是一种病态的动物。"卢梭这一说法部分属实。"人是一种理性动物。"教会的这一说法也部分属实。"人是一种能使用工具的动物。"卡莱尔的这一说法同样部分属实。但是,这些解说以及其他诸如此类者,总是不完全的，是片面的。原因非常简单：要把人与动物区别开来殊为不易，没有简单明了的准则可以来帮忙。人的生活与动物的生活一样，都靠丰富的潜意识推动。这些根深蒂固的相同法则加之于生命，制约动物的直觉，制约人的知识，而人的知识似乎不过是一种直觉的产物，像直觉一样无意识，因为远未成熟，尚存缺憾。

根据希腊理性主义者们的观点："一切事物都有非理性之根源。"一切事物都来自非理性。撇开数学不说，因为这种东西除了能抵达自圆其说的呆死数字和空洞公式，实在干不了什么。数学之外的科学呢，不是别的什么，只是孩子们早上玩的一种游戏，是一种抓住飞鸟之影的欲望，是将这种掠过草地的风中之影固定下来的欲望。

非常奇怪的是，虽然没什么简易的办法，让我们找到真正区别人与动物的词语，但要把高级人与普通人区分开来，事情却轻而易举。

我一直没有忘记，在我大读科学著作和驳斥宗教的时候，在自己知识的幼年期，我读过生物学家海克尔（十九至二十世纪德国生物学家和哲学家，在生物学方面颇有贡献，但种族主义意识一度影响当时欧洲知识界主流，遭后人清算与批判——译者注）的话。话大约是这样说的：高级人（我想他是指一个康德或一个歌德）与普通人所拉开的进化差距，远远超过普通人与猴子所拉开的进化差距。我一直不能忘记这句话，是因为它千真万确。就说我自己吧，思想者层次上一个小不点的我，与一个诺雷斯（靠近里斯本的小镇——译者注）乡间俗汉的我，有一种巨大的差距，这比一个俗汉与——我不想说猴子，但说一只狗或一只猫吧——之间的差距，要大得多。我们都不会比猫更多一点什么，我们不能真正主导那些征用我们生命和强加于我们的命运；我们都源于暧昧不明的血缘，我们都是他人某些动作的影子，是肉体制成的结局，是情感造成的后果。但是，在我与一个乡间俗汉之间，有一种品质的不同。我身上抽象思维和沉重情愫的存在，构成一种精神层面上的差异，这是人与猫之间唯一的等级差别。

高级人与低级人之间的区别，高级人与低级人之间某种动物性兄弟的区别，具有讽刺的单纯品质。这种讽刺首先表明，意识已有所自觉，而且通过了两个台阶：

苏格拉底说"我仅仅知道我什么也不知道",他这样说的时候便抵达了第一个台阶,桑切斯(十六至十七世纪葡萄牙哲学家——译者注)说"我甚至不知道我什么也不知道",他这样说的时候,已抵达了第二个台阶。我们在第一个台阶武断地怀疑自己,这是每一个高级人将要抵达的一点。我们在第二个台阶既怀疑自己也怀疑自己的怀疑,简单地说,到了这一点,作为人类的我们,在一段还漫长得很的时间曲线里,算是已经看见了太阳东升,看见了崎岖地表那一端长夜的倾落——这是一个只有极少数人才能抵达的台阶。

想知道自己的想法纯属谬误。想完成"了解你自己"这一圣谕提出的任务,比建造海格立斯(古罗马灯塔——译者注)的全部辛劳还要繁重,甚至比斯芬克思之谜还要更加神秘莫测。有意识地不去了解自己,才是可行的正确之道。有意识地不去了解自己,是讽刺性的行动目标。我不知道,对于一个真正优秀的人来说,还有什么更伟大的或者更正当的目标,比得上他耐心表达有关自己无法自知的分析,比得上他有意识地显示我们意识的无意识,有意识地显示那些自发性幻影的形而上，还有幻灭时黎明的诗篇。

但有些事总是来困惑我们，有一些分析总是使我们顾此失彼；真理，虽然不无虚假，总是在我们身边挥之不去。当生活越来越烦人的时候，真理比生活还要更让人疲惫；任何对于生活的知识和沉思——这些一直没少折磨我们的东西，都不会比它更让人疲惫。

我从椅子上起身，神思恍惚地倚靠桌子，对自己整理好这些粗糙和匆促的闪念，觉得有点意思。我站起来，使自己的身体站起来，走到窗前，在高高的屋顶之上，看见城市在缓缓开始的寂静之中渐渐入睡。硕大而明亮的银月，勾画出屋脊高低不齐的影线，如霜月色似乎吐露出世界的全部奥秘。它似乎揭示了一切，而一切只是月光中的迷乱影像，时真时幻，亦实亦虚，犹如隐形世界里凌乱无绪的窃窃私语。我已经病于自己的抽象思考。我不再写任何一页，来揭示自己或其他什么东西。极其明亮的云朵高悬于月光之上，像是月亮的藏身之处。我像这些屋顶，什么也不知道；我像自然的一切，已经物我两忘。

行动家

世界属于麻木不仁。成为一个务实人士的起码条件，就是所有感觉统统缺席。在日常生活中，要获得主导行动的最重要品质，有一个强大的意志足矣。眼下有两样东西进入我们的行动方式——敏感和分析性的思想，而思想终究不过是加上感觉的思想。就其最本性方面而言，所有行动都是个性向外部世界的投射。考虑到外部世界是众多他人生命存在的大规模构成，接下来，任何这样个性的投射，都将卷入对他人的路线相交，视行动方式的不同而对他人形成侵扰、伤害或者践踏。

一个人无法想象他人的个性，还有他人的痛苦和欢乐，是一个人行动的基点。他的同情心已经丧失。行动家将外部世界视为一些互相排他的死物，就是说，要么这个世界是死的，像一块石头，人们不是将其跨过去，就是把它踢到路边；要么作为一个不能抵抗行动家的人，也会恰如一块石头，将被人们跨过去，或被人们踢到路边。

务实人士可以集中体现为一个战略家，因为他能使行动的高超心计和一种自大感结合起来。所有的生活是战争，于是战斗便成为生活的高度概括。战略家是一种用下棋的方式，来玩弄人生的人。在他的每一步，如果他想到自己给千万个家庭造成的黑暗，想到自己在千千万万心灵中造成的痛苦，他会怎么样？如果我们都是人类，那么这个世界算是一个什么样的世界？

如果人类真正感受到这一点，世界上便不会有文明。对于不得不甩在后面的感觉性活动来说，艺术是一个出口。艺术是一个待在家里的灰姑娘，她不得不这样。

每一个行动家起码都得很积极和乐观，因为这些无所感觉的人从来都很快意。你可以从一个人从不情绪低落这一点，辨出一个行动家。他们用工作取代低落情绪，获得一种辅助性的活力。在生活中，在作为全部的生活之中，一个人如果不愿意成为人和事的管理者，在我这种特定情境下，当一个会计就算不错了。因为领导之术需要感觉麻木，因为生活中难免悲哀的感觉，所以我们只能推行快乐的统治。

我的老板 V 先生今天又赚了一大笔，压垮了一个可怜人和他的家庭。在做这笔生意的时候，他除了把那个人当作商业对手，完全忘记了那个人的存在。只有生意做完以后，恻隐之浪才会重拍心头。后来——这件事当然只可能发生在后来，否则生意便永远做不成了——他对我说："我对他这个家伙真是感到非常抱歉，他将要一贫如洗了。"然后，他点燃一支雪茄，加上一句："好了，如果他需要我办点什么，"他是指某种施舍，"我不会忘记对他的感激，毕竟赚了他这么多钱呵。"

V 先生不是一个匪徒，只是一个行动家而已。一个在特定竞逐之中丧失了感动的人，事实上能以未来的乐善好施而信赖自己，V 毕竟是一个好心肠的人。

V 先生与所有的行动家一样：工业和商业的资本

家，政客，从事战争、宗教以及社会理想主义的人士，伟大的诗人和艺术家，漂亮女人，还有宠坏了的孩子。毫无感觉的人自有优势。优胜者是一个只思考自己的思考并因此取得胜利的人。余下的人，整个世界的芸芸众生，混沌无序，多愁善感，想入非非，虚弱无助，他们无非是一个背景。在这个背景的前面，演员们神气活现，直到木偶戏演出的结束，如同棋子在棋盘上待着，直到一个伟大的玩家将其一拎而去。这个玩家正在哄着自己，似乎他有一个玩伴，其实他除自己以外，从未与任何人对弈。

完美止于行动

任何一个行动，无论何其简单，都代表了对一个精神秘密的触犯。每一个行动都是一次革命之举（也许是从我们真实的目标［……］放逐而来）。

行动是一种思想的疾病，一种想象的癌症。投入行动就是放逐自己。每一个行动都是不彻底和不完善的。我梦想的诗篇，只有在我写下来之前才完美无缺（这是基督的神秘写作，对于上帝来说，一旦变成凡人就只能以殉难告终。至高无上的梦者，都只能以至高无上的牺牲作为自己的儿子）。

树叶的明灭不定，鸟儿歌声的颤抖，河流的回旋纵横，还有它们在太阳下波动的寒光，满目绿荫，罂粟花，以及感官的一片纯净——当我们感受到这一切，我体验一种对这一切的怀恋，似乎这些感受并非真正发生在此刻。

像一架驶过黄昏的木轮车，时光穿越我思想的幻境，重返吱吱呀呀的当年。如果我从这些思想里抬起头来远望，世间的景象会灼伤我的眼睛。

实现一个梦想，就必须忘记这一个梦想，必须使自己的注意力从梦想那里分散。这就是实现什么就是不要去实现的原因。生活充满着悖论，如同玫瑰也是荆棘。

我要创造的东西，是给一种新型的杂乱状态造神，能够为众多灵魂一种新的无政府状态带来一部限制性的宪法。我总是以为，这将有益于人性，也有助于自己编制和消化梦幻。这就是我要经常努力追求的原因。无论如何，我能够证明一些有用的观念在伤害我，正在使我沉默。

我在生活的边地，有自己的乡间庄园。我在自己行动的城市里缺席，在自己白日梦的树木和花朵那里聊度时光。甚至没有生活最微弱的回声，被我的行动所引发,抵达我绿色而且愉悦的避难之地。我在自己的记忆中入眠,这些记忆仿佛是永无止境的队列在眼前通过。从我冥思的圣餐杯里,我仅仅饮用[……]最纯的葡萄酒,仅仅用自己的眼睛来饮用,然后闭上眼睛,于是生活弃我而去,如一豆遥远的烛光。

对于我来说,阳光灿烂的日子,使我品尝到从未有过的一切。蓝蓝的天空,白白的云朵,绿树林,那里没有长笛吹奏——唯树枝的颤动,偶尔打断这样的田园诗情……我品尝到所有的这一切,还有静静竖琴上我轻轻拂过的琴弦。

模仿中的忘却

写作就是忘却。文学是忽略生活最为愉快的方式。音乐使我们平静，视觉艺术使我们活跃，表演艺术（比如舞蹈和戏剧）则给我们带来愉悦。这样，音乐使自己从生活中分离出来，变成一个梦。至于其他，则不会，因为有一些艺术得使用视觉和必不可少的公式，另一些，其本身就与人类的生活隔绝。

这些不是文学的情况。文学模仿生活。小说是一种从未有过的历史，而戏剧是没有叙述的小说。一首诗——因为没有人用诗句来说话，所以一首诗，就是用一种没人用过的语言，表达观念或感受。

历史是流动的解说

文学是艺术嫁给了思想，使现实纯洁无瑕的现实化，对于我来说，这似乎是指向一个目标，要使所有人类努力都能得到导引。这个目标面对漫漫时光，其达成之日，所有努力当出自真正的人类，而不仅仅是我们身上一种动物的痕迹。

我相信，说一件事，就是保留这件事的美，去掉这件事可能有的恶。田野在进入描写的时候，比它自己仅有的绿色会更绿一些。如果人们能够用词语描写鲜花，在想象的空间里定义这些鲜花，他们就会有这样的色彩，比任何事物和任何生命能够提供的细胞结构，都更为经久不败。

转换就是生活，自我表达就是坚忍不屈。生活中没有什么东西，可以比进入美丽的描写更真实。蹩脚的批评家经常指出这样或那样的一首诗，赞颂它们的全部优雅韵味，但说来说去不过是表示：这真是美好的一天呵。但说一说美好的一天并不容易，因为美好的一天已经消逝。我们的职责，就是把这美好的一天保留在奔流不息的回忆之中，用新的鲜花和新的群星，为空幻的天地，为转瞬即逝的外部世界编织花环。

一切事物取决于我们自己怎么样。在多样各异的时间里，我们的后来者如何领悟世界，将取决于我们如何热烈地想象这个世界，就是说，取决于我们如何强烈地构想和孕育这个世界，直到它真是那么回事。我不相信历史以及失散了的伟大通史，因为这不过是一种经常流动的解说，是诸多见证者一种心不在焉的混乱舆论。我们所有的人都是小说家，我们叙述我们的所见，而所见像其他一切，是一件很复杂的事情。

在这一刻，我有这么多基础性的思想，有这么多真正形而上的事理要说，但我突然感觉困乏，决定不再写了，也不再想了，只是让写作的高热哄我入睡。我以合上的眼皮轻轻勾销一切，如同我要把自己所有说过的话，来一次呕吐。

共　在

寂寞之夜，窗外不知什么地方的一盏灯还高高地闪亮。城市里的一切都沉入黑暗，除了有路灯的地方余辉懒散，还有这里或那里的月色泻地，聚散不定。在夜的暗色里，房屋的不同色彩和声音殊为难辨，只有模糊的差异，在人们近乎抽象的说法里，组成了整个无序世界的纷繁杂乱。

一盏灯无名的所有者，通过一条看不见的连线，与我联结在一起。这样的情况并不多见，我们在同一时刻醒来。这里也没有一种可能的相互关系，因为我正站在自己的窗前，远方的灯不可能关照我。事情只能另作一说，因为我的孤独，因为我需要对疏离的感受做点什么，因为我参与这样的夜和寂静，便选择了那盏灯，像别无选择的时候，只能紧紧抓住它。事情看来仅仅是这样，夜晚这样黑暗，而那盏灯亮着。事情看来仅仅是这样，我醒了，在夜色里梦想，而那盏灯在那里，闪耀光亮。

也许，一切事情的存在，仅仅是因为其他东西也存在。不仅如此，任何事物都是一种共在。也许这才对了。我感觉到，如果没有一盏灯在那里闪亮，我在这一刻也不会存在（或者至少可以说，不会以这种确切的方式存在，因为自己临场的存在是一种意识，是一种对在场物的意识，在这一刻，便是观灯者的我）。而如果没有我的存在，那一所灯光闪烁的房子也不能呈现任何意义，徒有其高而已。

因为我一无所感，才会感觉到这一点。因为它什么也不是，我才会想到这一点。是的，什么也不是，它只是夜晚和寂静的一部分，是空虚的一部分，是我与它们分享的无谓和偶然，是我与我之间存在的空间，是上帝错置的一个玩意儿……

译后记

决定翻译这本书,是因为两年前去法国和荷兰,发现很多作家和批评家同行在谈论费尔南多·佩索阿（Fernando Pessoa）这个人,谈论这个欧洲文学界重要的新发现。我没读过此人的书,常常闲在一边插不上话,不免有些怏怏。这样的情况遇得多了,自然生出一份好奇心,于是去书店一举买下他的三本著作,其中就有这本《惶然录》。

佩索阿是葡萄牙人,享年四十七岁,生前默默无闻,仅出版过一本书,一九三五年去世以后始有诗名。这本书收集了他晚期的随笔作品,都是一些"仿日记"的片断体,其中大部分直到一九八二年才得以用葡萄牙文发表,进入大语种则是九十年代的事了,如我手中的英文版直到一九九一年才与读者见面。原作者曾为这本书杜撰了一个名叫"伯纳多·索阿雷斯"的作者,与自己本名"费尔南多·佩索阿"的读音相近,并在卷首写了一篇介绍这位虚拟作者的短文,似乎索阿雷斯实有其人。

这当然不是有些先锋作家们爱玩的"间离化"小噱头,倒是切合了原作者一贯的思想和感觉。他在这本书里多次谈到自己的分裂,谈到自己不仅仅是自己,自己是一个群体的组合,自己是自己的同者又是自己的异者,如此等等,那么他在自己身上发现一个"索阿雷斯",以他者的身份和视角来检视自己的写作,在这本书里寻求一种自我怀疑和自我对抗,就不难被人们理解了。

两个"索阿(SOA)"之间的一次长谈就是这样展开的。他(们)广泛关注着那个时代的生命存在问题,也是关注着人类至今无法回避也无法终结的诸多困惑。读者也许不难看出,作者在随笔中的立场时有变化,有时候是一个精神化的人,把世界仅仅提纯为一种美丽的梦幻;有时候则成了一个物质化的人,连眼中的任何情人也只剩下无内涵的视觉性外表。有时候是一位个人化的人，对任何人际交往和群体行动都满腹狐疑；有时候则成了一个社会化的人，连一只一晃而过的衣领都向他展示出全社会的复杂经济过程。有时候是一个贵族化的人，时常流露出对高雅上流社会乃至显赫王官的神往；有时候则成为了一个平民化的人，任何一个小人物的离别或死去都能让他深深地惊恐和悲伤。有时候是一个科学化的人，甚至梦想着要发现有关心灵的化学反应公式；有时候则成了一个信仰化的人，一次次冒犯科学而对上帝在当代的废弃感到忧心忡忡……在这里，两个"索阿"没有向我们提供任何终极结论，只是一次次把自己逼向终极性绝境，以亲证人类心灵自我粉碎和自我重建的一个个可能性。

如果说这本书不过是自相矛盾，不知所云，当然是一种无谓的大惊小怪。优秀的作家常常像一些高级的笨伯，一些非凡的痴人。较之于执着定规，他们的自相矛盾常常是智者的犹疑；较之于滔滔确论，他们的不知所云常常是诚者的审慎。其惊心动魄的自我紧张和对峙，不是每一个人都能轻易得到的内心奇观，更不是每一个人都敢于面对的精神挑战。身为公司小职员的佩索阿，就人生经历而言乏善可陈，用他自己的话来说，他不过是一个"不动的旅行者"，除了深夜的独自幻想之外连里斯本以外的地方都很少去过。但他以卑微之躯处蜗居之室，竟一个人担当了全人类的精神责任，在悖逆的不同人文视角里，始终如一地贯彻着他独立的勇敢、究诘的智慧以及对人世万物深深关切的博大情怀。这是变中有恒，异中有同，是自相矛盾中的坚定，是不知所云中的明确。正是这种精神气质，正是这种一个人面向全世界的顽强突围，使佩索阿被当代评论家们誉为"欧洲现代主义的核心人物"，以及"杰出的经典作家"、"最为动人的"、"最能深化人们心灵"的写作者，等等。即便他也有难以避免的局限性，即便他也有顾此失彼或以偏概全，但他不无苦行意味的思想风格与对世界任何一丝动静的心血倾注，与时下商业消费主义潮流里诸多显赫而热闹的"先锋"和"前卫"，还是拉开了足够的距离，形成了耐人寻味的参照。

《惶然录》是佩索阿的代表作之一，是一部曾经长时间散佚的作品，后来由众多佩索阿的研究专家们收集整理而成。在这本中译本里，除圆括号中的楷体文字为译者注解，圆括号里的宋体文字，以及方括号里空缺及其造成的文理中断，均为原作的原貌。而各个章节的小标题，除一部分来源于原作，其余则为译者代拟，以方便读者的目录查检。考虑到原著出自后人的整理（包括不同的整理），考虑到某些部分存在交叉性重复，这个中译本对英译本稍有选择——这是考虑到大多数读者也许同我一样，是对佩索阿感兴趣，而不是对有关他的版本研究更有兴趣。换一句话说，这种再整理意在方便一般读者，若读者对原作全貌和整理过程更有兴趣，则不妨将这个节选本视为《惶然录》的入门。

最后，要说的是，翻译非我所长，有时候随手译下一点什么，作为读书的副业，是拾译家之遗漏，是为了让更多的人能分享阅读快感，交流读后心得，如此而已。故这个初版译本因译者功力所限，肯定难免某些错漏——但愿今后有更好的译者（比如西、葡语专家）来做这件事，做好这件事。这一天应为期不远。

1998年4月于海口

图书在版编目（CIP）数据

惶然录/(葡)费尔南多·佩索阿著;韩少功译. -- 上海:上海文艺出版社, 2019 (2025.2重印)

ISBN 978-7-5321-7209-2

Ⅰ.①惶… Ⅱ.①费… ②韩… Ⅲ.①随笔－作品集－葡萄牙－现代

Ⅳ.①I552.65

中国版本图书馆CIP数据核字 (2019)第119121号

发 行 人：毕　胜
责任编辑：丁元昌
封面设计：胡　斌

书　　名：惶然录
作　　者：[葡]费尔南多·佩索阿
译　　者：韩少功
出　　版：上海世纪出版集团　　上海文艺出版社
地　　址：上海市闵行区号景路159弄A座2楼 201101
发　　行：上海文艺出版社发行中心
　　　　　上海市闵行区号景路159弄A座2楼206室 201101 www.ewen.co
印　　刷：上海安枫印务有限公司
开　　本：787×1092 1/32
印　　张：13.125
插　　页：5
字　　数：192,000
版　　次：2019年7月第1版 2025年2月第12次印刷
印　　数：80,001-90,100册
ISBN：978-7-5321-7209-2/I·5747
定　　价：68.00元

告读者：如发现本书有质量问题请与印刷厂质量科联系　T: 021-64348005